아니 에르노의 말

아니 에르노의 말

사회적 계급의 성찰과 자전적 글쓰기의 탐구

아니 에르노·로즈마리 라그라브

윤진 옮김

마음산책

옮긴이 윤진

아주대학교와 서울대학교 대학원에서 프랑스 문학을 공부했으며, 프랑스 파리 3대학에서 박사학위를 받았다. 전문 번역가로 활동 중이다. 필립 르죈의 『자서전의 규약』, 라클로의 『위험한 관계』, 베르나노스의 『사탄의 태양 아래』, 모파상의 『벨아미』, 졸라의 『목로주점』, 유르스나르의 『알렉시·은총이 일격』, 알베르 코엔의 『주군의 여인』, 뒤라스의 『태평양을 막는 제방』 『물질적 삶』 『평온한 삶』, 피에르 미숑의 『사소한 삶』, 프루스트의 『질투의 끝』 『알 수 없는 발신자: 프루스트 미출간 단편선』, 시몬 베유의 『중력과 은총』, 조르주 바타유의 『에로스의 눈물』, 알로이지우스 베르트랑의 『밤의 가스파르』 등을 옮겼다.

아니 에르노의 말

사회적 계급의 성찰과 자전적 글쓰기의 탐구

1판 1쇄 인쇄 2023년 11월 25일
1판 1쇄 발행 2023년 11월 30일

지은이 | 아니 에르노·로즈마리 라그라브
옮긴이 | 윤진
펴낸이 | 정은숙
펴낸곳 | 마음산책

편집 | 성혜현·박선우·김수경·나한비·이동근
디자인 | 최정윤·오세라·한우리
마케팅 | 권혁준·권지원·김은비
경영지원 | 박지혜

등록 | 2000년 7월 28일(제2000-000237호)
주소 | (우 04043) 서울시 마포구 잔다리로3안길 20
전화 | 대표 362-1452 편집 362-1451   팩스 | 362-1455
홈페이지 | www.maumsan.com
블로그 | blog.naver.com/maumsanchaek
트위터 | twitter.com/maumsanchaek
페이스북 | facebook.com/maumsan
인스타그램 | instagram.com/maumsanchaek
전자우편 | maum@maumsan.com

ISBN 978-89-6090-852-9 03860

* 책값은 뒤표지에 있습니다.

Cet ouvrage a bénéficié du soutien des Programmes d'aide à la publication de l'Institut français.
이 책은 프랑스 해외문화진흥원의 출판번역지원프로그램의 도움을 받아 출간되었습니다.

나는 내가 여자로 만들어진 과정이

일반적인 유형을 벗어나 있던

내 부모의 모델에 닻을 내리고 있다고 생각해요.

■ 일러두기

1. 이 책은 프랑스에서 출간된 『Une conversation』(Editions de l'EHESS, 2023)을 우리말로 옮긴 것이다.
2. 외국 인명·지명·독음 등은 외래어표기법을 따르되 관용적인 표기와 동떨어진 경우 절충하여 실용적인 표기를 따랐다.
3. 국내에 소개된 작품명은 대부분 번역된 제목을 따랐고, 그렇지 않은 것은 우리말로 옮겨 적거나 독음대로 적은 뒤 원어를 병기했다.
4. 원문에서 이탤릭체나 대문자로 강조한 부분은 굵은 고딕체로 표기했다.
5. 원서의 주는 ◆로, 옮긴이 주는 ◇로 표시했다.
6. 편명은 「 」로, 책 제목은 『 』로, 영화명·매체명·프로그램명 등은 〈 〉로 묶었다.

자기 인정 그리고 참여°

　　아니 에르노와 로즈마리 라그라브는 암묵적인 동조를 바탕으로 하는 솔직한 대화를 통해서 자신들이 그동안 쓴 글들에 관해 성찰하고, 또한 제2차 세계대전 이후라는 시대적 문맥 특유의 사회적·역사적 변모에 비추어 자신들의 계급 변화와 페미니스트로의 이행 과정을 되짚어본다. 같은 세대에 속하는 두 여자는 상대가 쓴 삶의 이야기들 속에서 서로를 알아보았고, 무엇보다 직접 겪은 체험과 그에 대한 분석을 오가는 작업 속에서 자기 자신의 모습을 발견했다. 그들의 방식은 체험된 것과 그에 대한 분석이라는 두 층위가 분리될 수 없음을 말해준다. 문학과 사회과학에서 끌어낸 실들을 교차시키면서 자신들이 겪은 지배 경험을 해석하기 위한 옷감을 직조해나가는 것이다.

◇　　원어는 "se reconnaître et s'engager"이다. se reconnaître는 우선 자기 자신을 '알아보고' 그럼으로써 자기 자신의 모습을 '인정하는' 것까지 포괄하며, 또한 그런 행위가 다른 사람들과의 관계에서 상호적으로 일어난다는 뜻을 포함하는 단어이다. 무언가에 대한 '약속', '개입'을 의미하는 s'engager는 사회적·정치적 '참여'를 뜻한다.

아니 에르노의 "자전적·사회학적·전기적auto-socio-biographique"◇ 텍스트들과 로즈마리 라그라브의 "자전적 조사enquête autobiographique"를 통해 우리는 주관적으로 체험된 것과 사회적 권력관계가 분리될 수 없음을 알게 된다.◆ 그 점에서 두 사람의 탐구는 리처드 호가트Richard Hoggart 나 피에르 부르디외Pierre Bourdieu 혹은 디디에 에리봉Didier Eribon이 시도한 것과 유사하다.◆◆ 다시 말해, 그들은 자기 자신의 전기 속에서 사회적 권력관계를 분석한다. 하지만 호가트, 부르디외, 에리봉 같은 '계급 탈주

◇ 아니 에르노가 만들어 사용한 이 단어는 부르디외의 '사회적 자기 분석auto-socio-analyse'과 밀접하게 연관된다는 점에서 '자서전autobiographie' 안에 '사회적socio'이 삽입된 것으로 간주하여 보통의 자서전과 달리 사회적 권력관계 속에서의 개인을 다룬 '사회적 자서전'으로 이해할 수도 있다. 여기서는 문학 혹은 사회학으로 무엇을 하려 하느냐는 질문에 대답하면서 에르노가 처음 이 용어를 사용했을 때의 문맥을 고려하여, 자서전이자 사회학sociologie이자 전기biographie라는 세 가지 요소가 잘 드러날 수 있도록 '자전적·사회학적·전기적'으로 옮긴다. 이후 다른 대담들에서도 에르노는 이 용어의 정의와 관련하여 자기와 관련되고auto, 사회적 관점에서 바라보며socio, 한 삶의 이야기biographie라는 세 요소를 강조했다.

◆ 아니 에르노는 자신의 『칼 같은 글쓰기』에서 『자리』(1983), 『한 여자』(1987), 『수치』(1997), 그리고 부분적으로 『사건』(2000)을 '자전적·사회학적·전기적'인 글로 제시했다. Annie Ernaux, *L'écriture comme un couteau, entretien avec Frédéric-Yves Jeannet*, Paris, Gallimard, 2011[2003]. "자전적 조사" 또한 로즈마리 라그라브가 자신의 책에서 사용한 용어이다. Rose-Marie Lagrave, *Se ressaisir. Enquête autobiographique d'une transfuge de classe féministe*, Paris, La Découverte, 2021.

◆◆ *Cf.* Pierre Bourdieu, *Esquisse pour une auto-analyse*, Paris, Raisons d'agir, 2004 ; Richard Hoggart, *33 Newport Street. Autobiographie d'un intellectuel issu des classes populaires anglaises*, traduit par Christiane et Claude Grignon, Paris, Éditions de l'EHESS-Gallimard-Seuil, 1991[1988] ; Didier Eribon, *Retour à Reims*, Paris, Fayard, 2009.

자 transfuge de classe'◆의 성찰적 작업은, 특히 무의식적인 남성 중심적 입장으로 인해,◆◆ 부분적으로는 '맹목적'으로 보인다. 작가 에르노와 사회학자 라그라브가 공유하는 독창성은 두 사람 모두 사회계급의 관점을 직접 겪은 체험의 젠더적인 측면과 관계 짓는다는 데 있다. 즉, 여자라는 위치 position에서 겪은 물질적 조건들을 지식으로 변형시킨 것이다.◆◆◆ 다시 말해 에르노와 라그라브는 스스로 지배관계의 주체임을 알아보고, 그럼으로써 개인적 체험이 사회적이고 역사적인 문맥 속에서 갖는 집단적 성격을 드러내 보인다. 그러한 지배 상황은 자연적 여건이 아니라 사회적으로 만들어진 상황이고, 따라서 무너뜨릴 수 있는 것이다.◆◆◆◆ 이 책에 주어진 대화는 아니 에르노와 로즈마리 라그라브가 지나온 길 그

◆ 피에르 부르디외가 『자기 분석을 위한 개요』에서 사용한 표현이다. Pierre Bourdieu, *Esquisse pour une auto-analyse, op. cit.*, p. 109. 이에 관해 샹탈 자케는 '탈주자'라는 용어가 "도망치기, 변절, 나아가 배신이라는 생각"과 연결되어 있다고 지적하며 그에 대해 양방향 이동을 포함할 수 있는 '계급 종단자 transclasse' 개념을 제시한다. *Cf.* Chantal Jaquet, *Les transclasses ou la non-reproduction*, Paris, Puf, 2014, pp. 12, 14.

◆◆ 로즈마리 라그라브가 자신의 저서 『스스로를 가누다─한 페미니스트 계급 탈주자의 자전적 조사』에서 "구조적인 남성 중심적 무의식"에 관해 이야기하면서 강조했듯이, 그러한 무의식은 사회적으로 형성된 것이다(R.-M. Lagarve. *Se ressaisir, op. cit.*, p. 270).

◆◆◆ '입장 positionnement' 혹은 '관점 point de vue' 개념은 유물론적 페미니즘의 전망에서, 특히 낸시 하트속에 의해 전개되었다. Nancy C. M. Hartsock, "The Feminist Standpoint. Developping the Ground for a Specifically Feministe Historical Materialism"(1983), dans Sandra Harding (dir.), *The Feminist Standpoint Theory Reader*, New York, Routledge, 2004, pp. 35~53. 여성에 대한 본질주의적 관점이 아니라 상황을 감내하면서 세운 입장을 뜻한다(Elsa Dorlin. *Sexe, genre et sexualités. Introduction à la théorie féministe*, Paris, Puf. 2008, p. 20).

◆◆◆◆ *Cf.* Christine Delphy, *L'ennemi principal*, vol. 1. *Économie politique du patriarcat*, Paris, Syllepse, 1998, pp. 271~272. 이 책에서 크리스틴 델피는 단언한다. "'사회적 억압'이라는 말은 중복 표현이다. 정치적인, 따라서 사회적인 원인이라는 개념은 그 자체가 억압 개념이다." (Elsa Dorlin, *Sexe, genre et sexualités, op. cit.*, pp. 12~13.)

리고 쓴 글들을 통해 그들의 경험과 참여가 어떻게 만나고 갈라지는지 보여준다. 그렇게 두 사람은 우리가 자신의 체험을 구조화하는 지배적인 계를 보다 분명하게 밝힐 수 있도록 도와주고, 나아가 해방을 향해 집단적으로 행동하도록 이끌어간다.

전기적 교차점들

노르망디 시골 가정 출신의 두 여자 모두 우선 부모들로부터 시작된 사회적 이동 경험을 가진다. 아니 에르노의 부모는 농촌 출신으로, 처음에는 공장 노동자였다가 이브토에서 식료품점 겸 카페를 열었다. 라그라브의 부모는 계급 하락^{déclassement}을 겪었다. 부분적으로는 아버지가 노동력을 상실하면서 초래된 계급 하락으로 인해 가족이 파리 교외 지역을 떠나 칼바도스의 작은 마을로 이주한 것이다. 그런데 형제 없이 자라난 에르노와 달리 라그라브는 자녀가 열한 명인 집에서 성장했고, 스스로 그런 대가족 안에서의 연대가 집단적인 사회적 가동성^{mobilité sociale}의 일부를 이루었다고 말한다.

종교는 두 사람의 어린 시절의 일상 환경 속에 깊이 스며들어 있었다. 가톨릭계 학교에서 교육받은 아버지 밑에서 자란 라그라브는 가톨릭 신앙을 가족의 삶에서 중요한 부분들을 규제하는 '파놉티콘^{Panopticon}'에 비유했다.♦ 반면 아니 에르노에게 종교는 무엇보다 어머니와 연결된다. 종교는 두 사람 모두에게 죄책감을 주입하고 동시에 구원의 희망을

♦   R.-M. Lagrave, *Se ressaisir, op. cit.*, p. 71.

그려내는 데 기여했다. 가톨릭 신앙은 에르노의 어머니가 '어린 성녀'이던 첫 딸이 여섯 살에 디프테리아로 사망한 시련을 이겨낼 때처럼 위로의 근원이 될 수 있다.◆ 또한 자폐증을 앓던 라그라브의 오빠가 열렬한 가톨릭 신앙을 통해 '클로드 성자'로 살아간 것이 말해주듯 신앙은 삶이 나아갈 방향을 제시하기도 한다.◆◆ 게다가 종교적 실천은 사회적 구별짓기distinction의 의지를 지탱하고, 그 가르침을 실행하지 않는 사람들과 구별짓기 위한 조치를 받아들이는 과정에도 기여한다.

학교, 그리고 학교에서 가르치는 지식들은 에르노와 라그라브 둘 모두에게 또 다른 구원의 수단이었다. 학교는 그들에게 가능성의 영역을 넓혀주었고, 사회적 상승을 위한 추진력이 되었다. 로즈마리 라그라브는 남녀공학 공립학교에 다니면서 담임교사들의 지지를 받았고, "능력 있는 학생들"의 학업성취를 장려하는 정책의 혜택을 받아 캉◇의 여자 중등학교에서 장학생으로 기숙 생활을 하며 공부했다. 그 점에서 학교라는 제도는 일부 학생들이 미래에 닥칠 확률 높은 사회적 운명을 피해갈 수 있게 해준다는 점에서 부분적으로 '사회적 불평등'을 바로잡는다고 말할 수 있지만, 전체적으로 보면 사실상 사회적재생산에 기여한다. 실제로 로즈마리 라그라브가 앞으로 나아가는 동안 다른 급우들은 대부분 제자리에 남았다. 에르노의 경우에 학교는 양가적 역할을 했다. 한편으로는 교양에 다가가게 해주는 해방의 통로였지만, 다른 한

◆　　　Cf. A. Ernaux, *L'Autre Fille*, Paris, Nil, 2011.

◆◆　　R.-M. Lagrave, *Se ressaisir, op. cit.*, pp. 97~109.

◇　　　에르노가 이브토를 떠난 뒤 고등학교에서 바칼로레아를 준비한 루앙과 함께 노르망디 지방의 중심 도시이다.

편으로는 사회적 상흔을 남겼기 때문이다. 아이는 사립 가톨릭 학교에서 교사들에게 '지저'당하고 언어와 행동을 고치도록 강요받는다. 아이에게 가해진 그러한 상징 폭력violence symbolique은 부모와의 관계를 변화시킨다. 에르노의 『자리La Place』◇에 나오는 것처럼, 학교에서 언어상의 오류를 지적받은 아이는 집에서 아버지에게 똑같이 한다.◆ 특히 『수치La Honte』◇◇에 이야기된 한 장면은 어린 에르노가 받아들인 사립학교의 시각을 상징적인 방식으로 보여준다. '젊음의 축제'◇◇◇를 마친 아이들을 데려다주기 위해 교사와 친구들이 함께 집에 온 날, 어머니가 얼룩이 묻은 롱슬립 차림으로 문을 열어준 것이다.◆◆ 이 장면은 화가 난 아버지가 어머니를 죽이려고 했던 장면◆◆◆과 함께 평생 에르노를 따라다니게 될 사회적 부적격indignité 느낌의 밑바탕으로 그려진다. 『여자아이 기억』에 주어진 성적이고 사회적인 수치심에 대한 분석은 그러한 정신적 상처가 그 시기에 품게 된 "교수 자격시험에 합격하고 작가가 될

◇　　　국내에 "남자의 자리"라는 제목으로 번역되어 있다. '자리'라는 용어에 담긴 사회적 위치 개념의 중요성뿐 아니라, 앞에서 말한 자전적·사회학적·전기적 텍스트 개념과 맞지 않는다는 점에서 원제목 그대로 옮긴다.

◆　　　A. Ernaux, *La Place*, Paris, Gallimard, 1983, p. 64.

◇◇　　국내에 "부끄러움"으로 번역되어 있다. '부끄러움'과 '수치'는 동의어로 볼 수 있기는 하지만, '부끄러움'에 더 강하게 담기는 '수줍음', '양심의 가책' 등의 함의를 피하고 사회적 성격을 강조하기 위해 "수치"로 옮긴다.

◇◇◇　 전국 시도에서 주최하던 학생 행사로, 여러 운동경기와 함께 학생들이 흰옷을 입고 거리를 행진했다. 『수치』에 따르면, 그날 루앙에서 축제가 밤늦게 끝났기 때문에 교사가 학생들을 집까지 데려다주었다.

◆◆　　A. Ernaux, *La Honte*, Paris, Gallimard, 1997, pp. 117~118.

◆◆◆　 *Ibid.*, pp. 13~16.

명석하고 단정한 문학 전공 여대생*으로 변신하겠다는 욕망에 어떻게 기여했는지를 잘 보여준다.

『얼어붙은 여자』에서 에르노는 자신이 살아오면서 관찰할 수 있었던 상이한 젠더 모델들을 언급한다. 제일 먼저 베르트 베르나주Berthe Bernage의 '브리지트Brigitte 시리즈'를 읽으면서,** 그리고 사립학교의 친구들이 집에 놀러 와서 놀라는 것을 보면서, 그녀는 자신의 부모 사이의 일의 분배가 "비정상적인"*** 것임을 알게 된다. 에르노의 집에서는 음식 만들기와 설거지는 아버지의 일이었고, 어머니는 식료품점의 계산대를 맡았다. 청소년기에 이르러 다른 여성성 모델들을 접하면서 더 큰 혼란을 느끼게 된다. 브리지트라는 인물이 대변하는, 가톨릭 신앙을 지니고 얌전하고 복종적인 부르주아적 여인상은 요리에도 살림에도 관심이 없고, 온화하지도 신중하지도 않은 자신의 어머니와 정반대였던 것이다. 하지만 딸에게 공장에서 일하지 않을 수 있도록 사립학교에서 좋은 성적을 거두어야 한다고 떠민 것이 바로 그 어머니였다. 그리고 그 길은 부르주아 규범에의 적응을 요구하면서, 어머니가 구현하는 모델에서 멀어지기를 요구한다. 여자아이들의 경우 사춘기 시절에 자신들에게 주어지는 '행동 규범'을 알게 되면서 흔히 남자아이들과의 평등 개념이 파괴되지만, 아니 에르노는 계속해서 남자들과 같은 방식으로 행동하려 했다. 그녀가 부르주아 규범에 부합하는, 성차性差에 의한 역할 분담과 맞

◆   *Ead., Mémoire de fille*, Paris, Gallimard, 2016, p. 149.

◆◆   '브리지트 시리즈'는 35권짜리 소설이다. 1925년에 잡지 〈초가집에서 보내는 밤Les Veillées des chaumières〉에 연재 소설 형태로 처음 실렸다. 1972년까지는 베르트 베르나주가 썼고, 이어 1998년까지 공저자 시몬 로제 베르셀Simone Roger-Vercel이 썼다.

◆◆◆   A. Ernaux, *La Femme gelée*, Paris, Gallimard, 1981, pp. 32, 74~75.

닥뜨린 것은 더 뒤에, 그러니까 집안일과 두 아들의 교육을 맡게 되었을 때였다.

로즈마리 라그라브의 경우는 처음에는 남성적 세계에 더 많이 끌려서 "사회 세계le monde social를 오로지 사회계급의 프리즘으로 바라보려"◆했다. 그런데 일상생활 속에 축적된 지배 경험들이 라그라브를 페미니즘 활동가들의 모임에 참여하도록 이끌고 그녀 스스로 "회심"이라 부른 것에 기여하게 된다. 그와 관련하여 개인적 체험을 살펴보면, 1960년대 페미니스트 투쟁의 슬로건이었던 "사적私的인 것이 정치적인 것"임이 금방 드러난다. 1966년 결혼하고 이듬해 첫아이를 출산한 로즈마리 라그라브는 수유 중에는 임신이 되지 않는다는 말을 믿었지만 결국 둘째 아이를 임신하게 된다. 이 일에 관해 그녀는 출산 장려 정책을 지향하는 지배적 의학 담론이 제공하던 정보가 얼마나 허술했는지 『스스로를 가누다Se ressaisir』에서 강조한다. 이어 라그라브 부부는 친한 지인들과 함께 파리 교외 지역에서 '공동체' 생활을 하게 되는데, 그 생활은 오히려 그녀를 종속적 위치로 몰아갔다. 공동체의 성원들은 무정부주의라는 신념을 공유했고 다 함께 소비사회의 개인주의적 모델을 거부했지만, 가사 노동과 자녀 교육은 여전히 여자들의 몫이었다.◆◆ 파리로 돌아온 라그라브는 남편에게 경제적으로 종속된 채 모성애적 보살핌에 갇혀버린 개인적 불만을 딛고 집단적 사회참여를 시작한다. 그즈음 라그라브는

◆　　　　R.-M. Lagrave, *Se ressaisir, op. cit.*, p. 272.

◆◆　　　*Ibid.*, pp. 275~276.

여성해방운동MLF◇에 합류하여 이후 남성 지배에 맞선 싸움을 이어가게 된다. 이어 그녀는 크리스틴 델피Christine Delphy의 유물론적 페미니즘으로 나아갔고, 가부장제라는 '주적과 타협하지 않은' 여자들이 결혼한 여자들을 '개량주의자 혹은 회복 불가능한 상태로 소외된' 운동가로 보는 인식에 맞서 싸웠다.◆ 그녀와 동료들은 곧 '남편과 결별'하고, 여자들의 일상생활을 정치적 쟁점으로 부각하기 위한 MLF에 더욱 깊이 참여하게 된다. 라그라브는 이혼 이후 사회과학고등연구원EHESS의 농촌사회학 연구소에서 전일제 계약직으로 일했고, 두 아이를 혼자 키우면서 박사논문을 준비했다. 페미니즘 안에서도 소홀히 여겨지는 목소리들이 들릴 수 있게 하려는 그녀의 노력은 대학에서의 연구로도 이어져서, 예를 들어 1983년 국립연구원CNRS의 연구 프로그램으로 농촌 여성들에 관한 과제를 수행했다. 이어 학계에서 페미니즘 주제를 제시하기 위한 보다 일반적인 참여를 시도하여, 2005년 '젠더, 정치, 섹슈얼리티Genre, politique et sexualité' 석사과정을 개설하여 에리크 파생Éric Fassin과, 나중에는 쥘리에트 렌Juliette Rennes과 함께 이끌었다.

로즈마리 라그라브는 페미니스트로서 자신의 자각 과정을 기술하기 위해 '경험의 페미니즘féminisme d'expériences' 개념을 사용하고, 자신을 키워준 책들에 대해 여러 번 이야기한다. 그중에 아니 에르노의 책들이 있고, 특히 『얼어붙은 여자』와 『사건』에 주어진 1960~1970년대 여성들의 삶의 조건, 『집착』에 그려진 질투에 대한 분석이 그렇다. 에르

◇   Mouvement de libération des femmes. 1960년대 미국의 여성해방운동WLM. Women's Liberation Movement과 프랑스의 1968년 5월 사회운동의 영향을 받아 1970년에 설립된 단체로, 피임과 임신중지의 자유, 사회적으로 동등한 여성들의 권리를 위해 활동했다.

◆   R.-M. Lagrave, *Se ressaisir, op. cit.*, pp. 280~281.

노의 글들을 읽은 독서 경험은 라그라브에게 계급 이동déplacement과 같은 세대를 산 어저끼는 두 기기 경험의 공유를 바탕으로 하는 재인식 효과를 낳는다. 에르노와 라그라브 모두에게 젠더는 계급적 관점에 덧붙여지는 독자적 인자가 아니다. 젠더와 계급은 서로를 감싼다.◆ 사회적인 것le social에 주어진 우선권을 보여주는 이러한 사유의 진전 과정에서 다른 여성들의 글의 독서 또한 중요한 역할을 한다. 대표적으로 시몬 드 보부아르Simone de Beauvoir나 버지니아 울프Virginia Woolf 같은 이들은 에르노와 라그라브에게 자신들도 글을 쓸 수 있다고 용기를 내게 해준 본보기인 동시에, 사회가 성차를 기반으로 나뉘어 있음을 자각하게 해주었다.

아니 에르노와 로즈마리 라그라브의 '통찰력'◆◆은 계급과 젠더의 폭력의 경험에서 비롯된다. 그러한 경험은, 두 여자가 쓴 글들과 이 책에 주어진 대화가 증명하듯, "사회적 작용le jeu social에 대한 믿음"을 부분적으로 무너뜨렸다. 즉 "사회적 지배관계를 그 진실을 인식하지 못하게 함으로써 오히려 가능하게 만드는 작용"을 드러낸 것이다.◆◆◆ 두 여자에게는 지배적 제도들이 갖는 마력이 단 한 번도 온전히 작용하지 못했다. 그들은 지배적 제도 안에서 물속의 물고기처럼 자연스럽게 지낸 것이

◆　　Cf. Elsa Galerand et Danièle Kergoat, "Consubstantialité vs intersectionnalité? A propos de l'imbrication des rapports sociaux," *Nouvelles pratiques sociales,* vol. 26, no. 2, 2014, pp. 44~61.

◆◆　Cf. R.-M. Lagrave, "La lucidité des dominées" dans Pierre Encrevé et R.-M. Lagrave (dir.), *Travailler avec Bourdieu,* Paris, Flammarion, 2003, pp. 311~321.

◆◆◆　Pierre Bourdieu, "Une révolution conservatrice : le champ éditorial," dans *Microcosmes, Théorie des champs,* éd. par Jérôme Bourdieu et Frank Poupeau, Paris, Raisons d'agir, 2002, pp. 455~489 [p. 458]

아니라 부당성illégitimité의 형태들을 체험하면서 두 발을 땅에 디디고 버텼다. 그래서 라그라브는 자신이 사회과학고등연구원에 "뒷문으로, 거의 무단침입으로"♦ 들어갔다고 생각한다. 이후 일, 헌신, 조합활동 등에 힘입어 단계적으로 '자리 잡기'에 성공했지만(처음에는 국제교류과를 공동으로 이끄는 일을 맡았고, 1993년에는 연구책임 교수로 선발되었다), 정작 그녀의 책은 신화화된 능력주의를 해체한다. 라그라브는 자신이 지나온 사회적 경로가 어린 시절에 누릴 수 있었던 소규모 문화자본들, 그 세대의 '능력 있는 아이'들에게 제공되었던 제도적 가능성, 시의적절하게 찾아온 일련의 만남과 우연들에 빚지고 있다고 말한다. 에르노 또한 현대문학 교수 자격시험에 합격하고 데뷔 초기부터 갈리마르라는 유명 출판사에서 책을 출간했음에도 자신의 '성공'을 의심한다. 이 대화에서도 확인되듯이, 에르노는 그 성공이 "자기에게 달려 있지 않다"고 느낀다. 그녀는 라그라브와 같은 방식으로 "능력 있다는 게 무엇을 의미하는지 다시 생각해"본다.♦♦ 사회적 계급 이동을 경험한 에르노는 경제적인 이유로 글을 쓰지 못하게 되는 상황이 닥치지 않도록 교직을 정년까지 채우고 은퇴했다. 자신의 글쓰기에 부여하는 의미 역시 계급 이동의 경험과 연결된다. 그녀는 문학적 규범에 대해 비판적이고, "억압된 기억이라는 말할 수 없는 것 속에 빠져들고 (…) 자기 사람들이 살아가는 방식을 보여

♦　　　R.-M. Lagrave, *Se ressaisir, op. cit.*, p. 234. (이에 관해서는 뒤에 라그라브가 이혼 후 생활고 때문에 지도교수를 찾아가서 일자리를 부탁했고, 그렇게 "뒷문으로" 고등사회과학연구원에 들어갔다는 말이 나온다.─옮긴이)

♦♦　　Paul Pasquali, *Héritocratie. Les élites, les grandes écoles et les mésaventures du mérite (1870~2020)*, Paris, La Découverte, 2021, p. 9.

주기" 위해서 "'잘 쓰는 글'과 결별했다"고 선언한다.◆

두 사람이 사회적 인정에 대해 이처럼 모호한 태도를 취하는 것
은 자신들의 출신 사회집단 성원들과 다른 길을 지나온 궤적에 비추어
보아야 한다. 출신 집단과의 괴리는 "자기 사람들을 배신"◆◆했다는 죄
책감을 낳을 수 있다. 에르노는 『자리』에서 자기와 아버지를 사회적으
로 멀어지게 만든 거리를 "헤어진 사랑"◆◆◆이라는 말로 묘사한 바 있다.
그렇게 에르노의 글쓰기에는 정치적이고 윤리적인 차원이 부여되고,
그것은 언어와 감정의 층위에서 불필요한 것들을 모두 제거한 "거리
를 둔 글쓰기écriture distanciée"◆◆◆◆—에르노 자신은 "밋밋한 글쓰기écriture
plate"◆◆◆◆◆보다 이 용어를 더 좋아했다—를 낳았다. 그러한 문학적 여정
을 선택하면서 에르노는 언어 영역에서의 상징 폭력에 관한 성찰, 스
스로 겪은 "둘로 쪼개짐", "분열된 아비투스habitus clivé"◆◆◆◆◆◆에 대한 설
명을 통해 자신의 사회적 출신 환경과 다시 가까워진다. 에르노에 비
해 출신 환경과의 분리감이 강하지 않았던 혹은 더 양면적이었던 로즈

◆　　2022년 12월 10일 스톡홀름에서 열린 노벨문학상 수상식 연설문이다.

◆◆　　C. Jaquet, *Les transclasses ou la non-production, op. cit.*, p. 97.

◆◆◆　　A. Ernaux, *La Place, op. cit.*, p. 23.

◆◆◆◆　　*Ead.*, "La preuve par corps," dans Jean-Pierre Martin (dir.), *Bourdieu et la littérature*, Nantes, Cécile Défaut, 2010, pp. 23∼28. 에르노는 2005년부터 "거리의 글쓰기écriture de la distance"라는 용어를 사용했다 : *ead.*, "Épilogue. Raisons d'écrire" dans Jacques Dubois, Pascal Durand et Yves Winkin (dir.), *Le symbolique et le social. La réception internationale de la pensée de Pierre Bourdieu*, Liège, Éditions de l'université de Liège, 2005, pp. 361∼365 [p. 363].

◆◆◆◆◆　　*Ead., La Place, op. cit.*, p. 24.

◆◆◆◆◆◆　　Pierre Bourdieu, *Esquisse pour une auto-analyse, op. cit.*, p. 127.

18

마리 라그라브는 자신은 "유순하게" 동화되었다고 말한다. 그런데 가족과의 유대와 사회학자로서의 연구 활동을 통해 출신 사회 세계와 다시 연결되었다 해도,◆ 라그라브 또한 출신 계층에 "빚을 갚아야 한다"는 욕구를 느끼게 된다. 그리고 연구자 생활 중에 자신의 연구자로서의 입장을 정치적인 것의 경계에서 협상하면서, 항상 "지배받는 이들 dominé·e·s" 쪽에 서면서, 그녀는 여러 번 빚을 갚았다.

글 쓰는 일의 의미

작가와 사회학자로서 두 사람의 접근 방식은 그들이 지나온 사회적 경로의 복잡성을 강조한다. 에르노와 라그라브의 글쓰기는 서로 다르지만 둘 모두 문학과 사회과학이 서로 어떤 기여를 하는가에 관한 성찰을 보여준다. 그리고 그 성찰은 사회적 권력관계가 한 개인의 경험에 어떻게 힘을 행사하는가라는 문제를 우리가 좀 더 올바른 관점으로 바라보게 해준다. 에르노와 라그라브의 글을 읽으면서 우리는 사회적인 것이 자연적으로 주어진 것이 아님을 드러내는 용기를 마주하게 된다.

계급 이동으로 인해 두 세계 사이에서 겪은 물질적이고 상징적인 괴리와 관련해서, 비판적 방향의 사회학은 아니 에르노와 로즈마리 라

◆ 출신 사회 세계로부터 객관적으로 멀어지고 직업 활동을 통해 다시 그 세계에 연결되는 것과 관련하여 아니 에르노와 로즈마리 라그라브의 예는 알제리 독립전쟁을 둘러싸고 "사회학자로서 투쟁한" 친구였던 피에르 부르디외와 압델말렉 사야드의 예와 비교해볼 수 있다. Cf. Amín Pérez, *Combattre en sociologues, Pierre Bourdieu & Abdelmalek Sayad dans une guerre de libération (Algérie, 1958~1964)*, Marseille, Agone, 2022, p. 51.

그라브에게 자신들의 사회적 위치를 이해하고 기술하는 수단을 제공했다. 아니 에르노이 글쓰기가 사회학으로 기울기 시작한 변곡점에는 1964년에 출간된 피에르 부르디외와 장클로드 파스롱Jean-Claude Passeron 의 『상속자들Les Héritiers』*이 있다. 그 책을 읽고 나서 에르노는 "감정들, 인상들, 거대한 '사회적으로 억압된 것le refoulé socal'"**에 관해 생각하게 된다. 에르노는 글을 쓰겠다는 자신의 계획에 부르디외가 어떤 기여를 했는지 언급하면서 "그때까지만 해도 '문학보다 못해'*** 보였던 것을 글쓰기의 재료로 취해도 좋다는 허락 이상의 것, (…) 그래야 한다는 행동 명령"이었다고 말한다. 그렇게 에르노는 자신의 출신 사회 세계로 돌아가고, 『자리』부터 "자전적·사회학적·전기적" 접근 방식을 택하게 된다. 게다가 그녀가 사용하는 "거리를 둔 글쓰기"혹은 "사실에 기반한" **** 글쓰기는 클로드 그리뇽Claude Grignon과 장클로드 파스롱이 『학자적임과 민중적임Le savant et le populaire』*****에서 제기한 민중주의populisme와 동정주의misérabilisme라는 이중의 함정에 대한 단호한 대답이다. 소르본 대학교에서 철학을 공부하다가 레몽 아롱Raymond Aron의 수업을 통해 사회학을 발견한 뒤 그 학문으로 옮겨간 로즈마리 라그라브의 지적 경로

◆   Pierre Bourdieu et Jean-Claude Passeron, *Les Héritiers. Les étudiants et la culture*, Paris, Minuit, 1964.

◆◆   A. Ernaux, "Épilogue. Raisons d'écire," *art. cité*, p. 361.

◆◆◆   *Ead.*, "La preuve par coprs," *art. cité*, p. 26.

◆◆◆◆   *Ead., L'écriture comme un couteau, op. cit.*, p. 95.

◆◆◆◆◆   Claude Grignon et Jean-Claude Passeron, *Le savant et le populaire, Misérabilisme et populisme en sociologie et en littéraure*, Paris, Éditions de l'EHESS-Gallimard-Seuil, 1989.

20

역시 유사한 방향 전환을 보여준다. 그녀는 처음에는 1987~1988년 콜레주드프랑스에서 만난 피에르 부르디외의 세미나에 참석하면서 그의 비판적 사회학으로 기울었다. 그리고 부르디외의 사회학과의 만남을 통해 "학술적 일깨움"◆을 얻고 "스스로를 인정할 수 있는 놀라운 힘"◆◆을 가질 수 있게 된 이후에는 사회 세계에서 자연적이라고 믿어져온 것들을 무너뜨리는 일에 참여하게 된다. 그녀는 사회학이 주관적 희망과 그 희망에 이를 수 있는 객관적 확률 사이의 괴리를 알려준다고, 그래서 "베일을 벗겨주는 동시에 고통을 안긴다"◆◆◆고 말한다. 라그라브 또한 에르노와 마찬가지로 동정주의와 민중주의를 피하려 노력했다. 그녀는 문학을 배우지 않고서 글을 써서 '정당성을 누리는' 문학 영역에 이르려 노력하는 작가들의 궤적에 대한 학술적 연구를 통해 동정주의와 민중주의를 벗어나는 제3의 길을 그려 보였다.◇ 그러면서 원래 자신들의 '것이 아닌' 문화적 실천을 시도하는 개인들의 경로는 다른 시선으로 바라보아야 한다고 말한다. 라그라브는 같은 시선을 자기 자신의 궤적에도 적용하여, 스스로 "계급에 합류"했지만 "계급에서 이탈되었다"고 말한다. 자신이 중요한 요소로 간주되지 않는 문제들을 연구 대상으로 삼으면서, 지배적인 기관이라 할 수 있는 사회과학고등연구원에서 지배받는 위치에 놓

◆　　　　　R.-M. Lagrave, *Se ressaisir, op. cit.*, p. 247.

◆◆　　　　Delphine Naudier, "Femme de la terre. Entretien avec Rose-Marie Lagrave," *Politika*, 2018. www.politika.io/fr/entretien/femmes-terre [consulté en janvier 2023]

◆◆◆　　　*Ibid.*

◇　　　　　라그라브가 시도한, "적법한 상속자들"의 문학과 떨어져서 스스로 문학을 익히고 글을 쓴 농부 혹은 프롤레타리아 작가들에 관한 연구를 말한다.

였기 때문이다.♦

아니 에르노와 로즈마리 라그라브이 가전저·사회학저·전기저인 성격의 글들이 갖는 의미는 시간적 문맥, 즉 역사와의 관계 속에서만 이해할 수 있다. 경험이 형성하는 성찰 영역에서 권력관계는 시간과 함께 드러나는 것이다. 자신들이 놓였던 상황적 입장을 고려함으로써 라그라브와 에르노는 개인이 겪은 경험들을 사회·역사적인 문맥 속에 옮겨놓는다. 1985년 '여성사 그룹'◇이 결성될 때부터 특히 아를레트 파르주Arlette Farge, 미셸 페로Michelle Perrot와 함께 참여해온 라그라브는『스스로를 가누다』에서 자신의 궤적을 사회적 공간 안에 주어진 재량권과 자원들을 누릴 수 있게 해준 입장들의 연속으로 설명했다. 그리고 문자로 기록되고 말로 전해진 보존 자료들로부터 과거를 재구성하면서 그 일을 해냈다. 라그라브는 "기억은 물질적이다"♦♦라는 신념을 에르노와 공유한다. 둘 모두 어떤 점에서는 "자기 자신의 민족학자"♦♦♦, 사람들과 사물들 속에, 장소들 속에, 그리고 책 속에 남아 있는 과거를 탐사하는 민족학자가 되어 기억을 파헤친다. 라그라브의 경우는 그렇게 역사적 흔적들 속에서 자신의 사회화 경험들을, 전기적으로 중요한 의미를 갖는 사건들을 검토하기 위해 사회학자의 안경을 쓴 셈이다.

아니 에르노 또한 현재로부터 과거의 또 다른 진실을 파악하려 한

♦   R.– M. Lagrave, *Se ressaisir, op. cit.*, p. 381

◇   1949년 페르낭 브로델Fernand Braudel이 사회과학고등연구원에 설립한 역사연구소CRH 소속의 연구단.

♦♦   A. Ernaux, *L'écriture comme un couteau, op. cit.*, pp. 39~40.

♦♦♦   *Ead., La Honte, op. cit.*, p. 40.

다. 자신의 내면과 바깥에서 시간의 지속이 느껴질 수 있게 하기 위해 그녀는 『세월』에서 "역사 속 여성들의 역사"를 말해줄 "총체적 책livre total"의 형태를 탐색한다.[*] 최종적으로 얻어진 책은 결국 그러한 형태의 책이 실현 불가능한(혹은 부분적으로만 실현할 수 있는) 기획이었음을 보여준다 하더라도, 어쨌든 시간 지속의 경험 속에서 시간의 흐름을 파악하고자 하는 의지를 증언한다. 따라서 그것은 개인적이고 비역사적인 '비의지적 기억réminiscence'이라는 프루스트의 모델과 다르다. 『잃어버린 시간을 찾아서』의 저자와 마찬가지로 감각적 경험과 기억을 관계 짓지만, 에르노가 하는 것은 역사를 제거하지 않는, 그와 반대로 세월의 흐름 속에서 주어진 기억의 층들을 포개는 작업이다. 『여자아이 기억』에서 "시간의 흐름"은 과거의 한 해, 그러니까 "58년" 여름에 고정된다.[**] 그때 에르노는 '강간'[◇]을 겪었고—에르노 자신은 당시에 그 일을 '강간'으로 받아들이지 않았기 때문에 책에서 용어를 그대로 사용하지는 않았다—, 그로 인해 폭식증과 함께 생리가 멈추었다. 그렇게 두 해가 세상에서 사라져버린 것이다. 2014년의 에르노는 나je와 그녀elle를 번갈아 사용하는 글쓰기를 통해—"나는 영속성이고 그녀는 역사일까?"[***]—1958년의 여자아이가 겪은 사건들의 실체를 찾으려 애쓰고, 사건들이 시간 속에서 자신의 '자아'에 어떤 영향을 끼쳤는지 탐색한다. "심리학적이든 사회학적

---

[*] *Ead., L'Atelier noir*, Paris, Éditions des Busclats, 2011, p. 59. (『검은 아틀리에』는 에르노가 삶과 글쓰기에 대한 사유를 기록한 1982~2007년 사이의 일기를 모은 책이다.—옮긴이)

[**] *Ibid.*, p. 166.

[◇] 아니 에르노의 『여자아이 기억』에 언급된 『제2의 성』의 구절 "첫 번째 삽입은 언제나 강간이다"의 문맥과 관계된다.

[***] A. Ernaux, *L'Atelier noir.*, *op. cit.*, p. 109.

이든 그 어떤 설명으로도 환원될 수 없는 것을, 선입관이나 증명의 결과가 아니라 이야기의 결끼인 것을, 이야기의 기름이 펼쳐져 나온, 무슨 일이 일어나고 무슨 일을 하는지 이해하도록—감내하도록—도와주는 것을 단 하나라도 표면으로 끌어올릴 수 없다면, 무엇 때문에 글을 쓰겠는가."◆

로즈마리 라그라브와 아니 에르노의 글은 직접 겪은 지배의 체험과 그에 대한 분석을 오가면서 경험과 이론의 관계에 대해 묻는다. 피에르 부르디외나 시몬 드 보부아르 같은 사회학 혹은 철학 텍스트의 독서가 그들에게 큰 충격을 준 것은 바로 그것이 그들이 직접 체험한 것에 반향을 일으켰기 때문이다. 이론과 경험의 매개를 통해서 권력관계가 폭로된 것이다.◆◆ 하지만 글쓰기는—에르노는 문학 대신 글쓰기écriture라는 용어를 선택한다—또한 "보여줄 수 있다. 글쓰기는 다큐멘터리 영화나 사회학자의 작업과 다른 방식으로 보여준다".◆◆◆ 그러니까 에르노는 기억과 감정과 몸에 더 가까이, 경험과 더 직접적인 관계를 유지하는 것처럼 보인다. 그래서 흔히 이론보다 앞에 있다고 여겨지는 그녀는 "일차적

◆　　*Ead., Mémoire de fille, op. cit.*, p. 96.

◆◆　　실증주의에서 서로 분리되고 대립된 것으로 간주되는 이론과 경험 사이의 상호관계에 관해서는 *Cf.* Theodor W. Adorno et Ursula Jaerisch, "Remarques sur le conflit social aujourd'hui"(1968) dans Theodor W. Adorno, *Le conflit des sociologies. Théorie critique et sciences sociales*, trad. par P. Arboux *et al.*, Paris, Payot, 2016, pp. 361~386 [p. 371]

◆◆◆　　A. Ernaux, "Annie Ernaux, une romancière dans le RER. Entretien avec André Clavel," *L'Événement du jeudi*, no. 108~109, 29 avril 1993.

경험expérience primaire"◆을 통해 사회적인 것을 이해하고자 하는 사회학적 성찰에 기여한다. 에르노의 책들은 또한 경험의 글쓰기가 개념들에 의해—예를 들어 아비투스와 상징 폭력 같은 개념들이다—매개되는 것을 보여준다. 그 개념들이 직접 등장하지 않는다 해도 마찬가지다. 에르노에게 있어서 사회적인 것을 우리가 보고 느낄 수 있도록 해주는 것은 바로 직접 체험한 것에 대한 정확한 기술記述이다. 경험과 이론을 오가는 에르노의 작업은 이론적 추상화에 맞서고, 나아가 체험된 것에 매개 없이 접근할 수 있다는 생각에도 맞선다. 에르노의 글쓰기가 갖는 힘은 자신의 주관적 체험을 추상적으로 만들지 않으면서 그 안에 들어 있는 객관적인 것을 제시할 수 있는 능력에서 나온다. 로즈마리 라그라브 또한, 무의미하다고 받아들여지고 사회적 공간에서 가청可聽 범위 안에 있지 않다고 여겨지는 것을 위해◆◆ 사회학 고유의 수단들을 사용한다. 에르노와 라그라브는 자신들이 겪은 일상적이고도 고통스러운 체험들을 해독하면서 우르줄라 예리슈Ursula Jaerisch와 테오도르 W. 아도르노Theodor W. Adorno의 표현을 그대로 옮기자면 "응결되고 목소리가 꺼져버린 것, 그 음영이 폭력의 흔적과 가능한 해방의 은밀한 메시지를 담고 있는 것에

◆ 아도르노에게 있어서 "일차적인 사회학적 경험" 개념은 즉각적인 경험이라는 현상학적 개념, 그리고 경험을 미리 만들어진 방법론적 도식 안에 들어가게 만드는 실증적 접근과 반대이다. 이에 관해서는 cf. Yasmin Afshar, "Anmerkungen zur primären Erfahrung des Sozialen," à paraître dans Pierre Buhlmann et al. (dir.), Unversöhnlichkeiten. Einübungen in Adornos 'Minima Moralia', Vienne-Berlin, Turia + Kant, 2023.

◆◆ '사회적 불가청성inaudibilité sociale' 개념은 엘리즈 위셰Élise Huchet가 준비 중인 학위논문("Subjectivation et discours : analyse du problème de l'accès à la parole dans la philosophie contemporaine", 파리시테대학교)에서 제시한 개념이다.

발언권을 주는 작업"에 기여한다.✦

에르노와 라그라브이 쓴 두 기들 혹은 시치끼하 연구기들에게 스스로의 궤적을 돌아보라고, 얽혀 있는 사회적 권력관계의 프리즘을 통해 그것을 관찰해보라고 촉구한다. 그들의 글은 우리가 들을 수 있는 다른 세대 지인들의 이야기와 이어진다. 비록 부분적일지언정 그러한 삶의 메아리는 사회적 상황들을 더 잘 이해할 수 있게 해준다. 직접 체험하지는 않았다 해도 시간을 거쳐 우리를 만들어낸 사회적 상황을 글쓰기와 독서의 중재를 통해서 이해하게 되는 것이다. 그때의 재인식 효과는 단순히 사회적·역사적 문맥을 공유한다는 데 그치지 않고, 자기 자신의 고유한 경험을 그것을 만들어낸 권력관계 속에 위치시킨다.✦✦ 나아가 글들은 번역을 통해, 그리고 수용을 만들어내는 과정에 포함된 관계자들에 힘입어 다른 나라로도 갈 수 있다.✦✦✦ 예를 들어 독일에서는 그러한 이동을 거쳐 자전적·사회학적·전기적 이야기가 그 자체로 하나의 문학 장르로 수용되었다.◇ 자전적·사회학적·전기적 이야기의 성격을 갖는 글들이 개인적 역사와 출신 사회계층을 연결한다는 공통의 목적을

✦　T. W. Adorno et U. Jaerisch, "Remarques sur le conflit social aujourd'hui," *art. cité*, p. 380.

✦✦　*Cf.* Aurélie Adler, "Annie Ernaux, l'écrivaine du siècle des femmes," *AOC*, 21 octobre 2022. aoc.media/critique/2022/10/20/annie–ernaux–lecrivaine–du–siecle–des–femmes [consulté en janvier 2023]

✦✦✦　여기서 한 작품을 둘러싼 중개 과정에 개입된 모든 관련자의 망網(번역가, 저자), 한 작품이 읽히고 배포되고 설명되는 방식에 영향을 끼치는 출판계에 관련된 모든 직업(기자, 비평가, 에이전시, 배급처, 서점, 독자)을 생각할 수 있다.

◇　특히 디디에 에리봉의 『랭스로 되돌아가다』가 독일에서 큰 성공을 거두었고, 유사한 문제의식을 지닌 작품들이 많이 쓰이는 계기가 되었다.

갖는 장르로 간주되기에 이른 것이다.♦ 어떻게 프랑스의 역사적 틀 안에서 분석된 삶들이 다른 사회적 문맥 속에서도 반향을 일으키고 이해의 열쇠를 제공할 수 있는지 보여주는 셈이다.

　그와 같은 전기적 반향은 문학적이고 사회적이고 역사적인 저작들의 독서를 둘러싼 공동체를 만들어낸다. 그것은 권력관계의 구조를 해체함으로써 "아주 조금이라도 더 잘 살기 위한 방법들"♦♦을 찾을 수 있고 지배 앞에서 덜 혼자임을 느낄 수 있게 도와주는 저작들이다. 한 역사적 시기에 해당하는 에르노와 라그라브의 삶은 만남, 가동성들의 충돌, 일어나지 않은 가능성들, 예기치 못한 혹은 촉발된 또 다른 가능성들, 그리고 수치와 투쟁으로 이루어진다.

　두 사람의 삶이 우리에게 보여주는 것은 무엇보다 사회 세계들과 젠더 사이에 존재하는 간극이다. 그 간극에서는 여전히 폭력이 솟아오른다. 전기적 환상의 선조성을 벗어나는 체험을 공유하고 자신들의 개인적 역사이지만 동시에 집단적 역사이기도 한 이야기를 공유하면서, 아니 에르노와 로즈마리 라그라브는―우리가 따라가야 할 본보기를 보

♦　독일의 경우는 Philipp Lammers et Marcus Twellmann, "Autobiographie, une forme itinérante," *COnTEXTES*, varia, 2021. journals.openedition.org/contextes/10515 [consulté en janvier 2023] ; 프랑스의 경우는 Véronique Montémont, "Autobiographie," dans Françoise Simonet-Tenant (dir.), *Dictionnaire de l'autobiographie. Écriture de soi de langue française*, Paris, Honoré Champion, 2017, pp. 99~100을 참고할 것. 여기서 베로니크 몽테몽은 아니 에르노가 만든 '자전적·사회학적·전기적'이라는 용어가 20세기의 마지막 25년 동안 나타난 새로운 경향, 즉 개인적 역사와 사회적 관계를, 문학적 접근과 분석적 접근을 결합하는 경향에 적용될 수 있다고 말한다.

♦♦　Pierre Bourdieu, *Esquisse pour une auto-analyse, op. cit.*, p. 142.

여준다기보다는—우리가 각자의 방식으로 "행동으로 옮겨지는 분노"◆의 형태를 찾아내길 촉구한다.

사라 카를로타 헤쉴러Sarah Carlotta Hechler,

클레르 멜로Claire Mélot,

클레르 토마젤라Claire Tomasella◇

◆   D. Naudier, "Femmes de la terre," video citée.

◇   사라 카를로타 헤쉴러는 사회과학고등연구원에서 아니 에르노의 『세월』에 나타난 개인적 기억과 집단적 기억의 관계에 관한 연구로 석사학위를 받았고 현재 베를린자유대학교의 마르크 블로크 연구소에서 비교문학 박사논문을 준비 중이다. 클레르 멜로는 툴루즈대학교에서 철학을 전공한 독일어 번역가이고, 마르크 블로크 연구소에서 박사논문을 준비하고 있다. 클레르 토마젤라는 파리 4대학에서 문학, 시앙스포에서 언론학, 사회과학고등연구원에서 역사학을 공부한 뒤 프랑스와 독일에서 활동하는 외국 출신 영화감독들에 관한 연구로 박사학위를 받았다. 현재 사회과학고등연구원와 마르크 블로크 연구소의 연구원이다.

독일-프랑스의 젊은 학자들을 대상으로 학제간 독일 연구소CIERA◇ 가 개최한 심포지엄 '문학에서의 권력관계. 문학적 공간 안에서의 낙인 찍기, 지배, 그리고 저항'의 폐막 행사로, 마르크 블로크 연구소에서 박사논문을 준비 중인 사라 카를로타 헤쉴러, 클레르 멜로, 클레르 토마젤라가 기획한 좌담회가 2021년 5월 26일 열렸다. '페미니스트 계급 탈주자들의 경험과 글쓰기'라는 주제의 좌담회였고, 로즈마리 라그라브와 아니 에르노가 참여했다. 좌담회를 촬영한 영상은 CIERA 홈페이지에서 볼 수 있다. 안 바르데즈Anne Bardez가 대화 내용을 기록했다.

이후 사회과학고등연구원 출판사의 제안으로 2022년 3월 24일 로즈마리 라그라브와 아니 에르노, 사라 카를로타 헤쉴러와 클레르 토마젤라, 사회과학고등연구원 출판사의 클레망스 가로Clémence Garrot와 에티엔 아나임Étienne Anheim이 참여하여 추가 대담이 열렸다. 대담 내용을 발랑틴 코팽Valentine Coppin이 기록했다.

◇   독일 학술교류처DAAD의 후원을 받아 사회과학고등연구원, 고등사범학교, 시앙스포를 비롯한 프랑스 내 열두 개 고등교육·연구기관이 참여한 독일 연구소.

두 번의 대담은 진행자들 혹은 출판사 측이 대화의 주제를 제시하는 방식으로 진행되었으며, 라그라브와 에르노에 토론은 곧 친근한 내화가 되었다.

클레망스 가로와 조안나 부르고Johanna Bourgault가 두 번의 대담을 바탕으로 에티엔 아나임의 도움을 받아 이 책의 원고를 만들었고, 에르노와 라그라브의 친근한 대화를 잘 드러내는 방식으로 편집했다. 즉, 두 사람에게 주어졌던 질문들을 삭제한 뒤 대화의 형태로 제시했다. 그리고 일관된 주제로 묶기 위해 텍스트 전체를 재구성했다.

그런 뒤에 아니 에르노와 로즈마리 라그라브가 읽어보고 수정하였다. 사라 카를로타 헤쉴러, 클레르 멜로, 클레르 토마젤라가 서문을 썼고, 폴 파스칼리Paul Pasquali◇의 발문이 더해졌다. 이 책은 집단 작업의 결실이다.

◇   사회학자, 국립연구원의 연구원. 『사회적 경계선을 지나기Passer les frontières sociales』(2014)
     등을 썼다.

차례

대화

아니 에르노의 자택에서(1988)

에르노   내 기억이 틀렸을 수도 있지만, 로즈마리, 우리가 처음 만난 건 2001년 1월에 고등사범학교ENS에서 열린 토론회 때였을 거예요.♦ 물론 그전에도, 내가 1984년부터 정기구독 중이던 〈사회과학 연구논집Actes de la recherche en sciences sociales〉◇에서 당신의 논문들도 읽어보긴 했지만요. 당신은 그 잡지에 글을 쓰는 몇 안 되는 여자들 중 하나였죠. 다른 여자로는 이브 델소Yves Delsaut가 기억나네요. 내가 그날의 토론회를 분명히 기억하는 건 개인적인 이유 때문이에요. 만나던 사람과 결별하고 전날 밤새 잠을 못 자서 발제 준비하는 게 무척 힘들었거

♦   2001년 1월 10일부터 12일까지 크리스티앙 보들로Christian Baudelot, 에리크 파생, 프레데리크 마통티Frédérique Matonti, 세바스티엥 블뤼Sébastien Velut 주최로 고등사범학교와 사회과학고등연구원의 사회과학 연구소에서 열린 토론회 '문학과 사회과학'을 말한다. 역사가, 사회학자, 인류학자, 정치학자 등과 함께 작가 두 명, 즉 디디에 다냉스Didier Daeninckx와 아니 에르노가 참여했다. 프로그램은 calenda.org/185992 [consulté en janvier 2023]에서 볼 수 있다.

◇   피에르 부르디외를 중심으로 1975년부터 발행된 사회과학 학술지이다. '행위'를 뜻하는 '악트Actes'라는 이름은 모든 연구는 완성된 것이 아니라 진행 중인 행위임을 강조한다.

든요. 그날 우리는 점심 식사 때 서로 맞은편 자리에 앉게 되었고, 많은 얘기를 주고받으면서 각자가 지나온 겨로 속에서 서로를 확인했죠. 작년에 당신의 『스스로를 가누다』가 출간되었을 때도, 당신이 무엇을 썼는지 빨리 알고 싶어서 조급했던 기억이 나네요. 당신 책을 읽는데, 그동안 남자 여자 구별 없이 아무튼 사회학자들의 글을 읽을 때와—물론 부르디외는 예외이지만—느낌이 전혀 달랐어요. 계속 비교하고 평가하면서 읽었죠. 그런 상태는 읽고 있는 당사자에 대해서도 말해주잖아요. 당신과 내가 진정한 대화를 나눈 셈이죠. 이전에 2001년에 만났을 때 당신이 형제자매가 많은 가정에서 자랐다는 얘기를 분명 들었을 텐데, 잊고 있었어요. 내가 생각하기에 그건 우리 사이에 큰 차이점이 되는데 말이에요. 난 '외동딸'이었거든요. (내가 어릴 때만 해도 외동이라는 말은 욕일 때가 많았답니다!) 그래도 같은 여자이고 또 연배가 같아서인지, 당신 책을 읽는 거의 대부분 동안 난 그 안에서 내 모습을 보았어요. '어느 페미니스트 계급 탈주자의 자전적 조사'라는 부제는 사실 내가 문학에서 시도한 탐구를 그대로 정의할 수 있는 말이기도 하죠.

라그라브   정말 기억력이 뛰어나네요! 맞아요. 고등사범학교에서 처음 만났어요. 당신의 열렬한 신봉자로 꼽히는 크리스티앙 보들로°와 함께였죠. 그런 뒤에 시몬 드 보부아르상°° 수상식에서, 또 팡탱°°°에서 어느 영화의 시사회 때 다시 만났고요. 그때 당신한테 내가 우리가 같이 아는 한 친구(M. V.) 이야기를 했잖아요. 캉에서 나와 기숙 중등학교 과정을 함께 보낸 친구였는데, 당신이 『여자아이 기억』에서 언급한 클랭샹°°°°의 방학 캠프에 참여했었죠. 하지만 내가 당신을 정말로 처음 만난 건 바로 당신의 첫 책 『빈 옷장』이 출간되었을 때라고 말해야 해요. 그 뒤로 당신 책을 빠지지 않고 다 읽었죠. 새 책이 출간될 때마다 서점으로 달려갔답니다. 물론 나만 그런 건 아니지만요. 1968년 5월 세대의 많은 여자가 당신의 책을 통해 스스로를 확인하게, 혹은 자기 자신을 바라보게 되었죠. 당신의 책 속에서 나아갈 길을 발견한 거예요. 그 길은, 물론 당신의 길과 같지는 않지만, 시대가 가하던 제약들에 대해 우리가 느끼던 것을 강렬하게 드러내주었으니까요. 성 지정assignation sexuée에 대해 분노하는 방식, 어떻게든 그것을 벗어나려는 의지 같은 거 말이에요. 보편적인 힘을 갖는 당신의 글쓰기는 그물이 되어 다른 여자들을 끌고 왔고, 나 또한 그

° 고등사범학교의 사회학 교수로, 노동사회학 전문가이다.

°° 시몬 드 보부아르를 기려 여성의 권익 향상에 기여한 개인 혹은 단체에 수여하는 상이다. 1920년에 제정된 뒤 성차별적 법률의 폐지를 요구한 이란의 '백만 서명 캠페인', 폴란드의 정치인으로 임신중지 합법화를 위해 노력한 바르바라 노바츠카 등이 수상했다.

°°° 파리 북쪽 근교 센생드니 지역의 코뮌.

°°°° 프랑스 노르망디의 코뮌 클랭샹쉬르오른을 말한다. 『여자아이 기억』은 에르노가 '오른 지방의 S.'에서 열린 어린이 방학 캠프에 처음 지도 강사로 참여했을 때의 이야기이고, 끝에 다른 방학 캠프 이야기들 중에 클랭샹쉬르오른이 언급된다.

그물에 걸려들었어요. 물론 우리의 경험, 겪은 사건들은 다르죠. 그래요, 나 임신중지도 강간도 겪지 않았어요. 하지만 당신의 글 속에서 완전하게 나 자신을 보았답니다. 당신은 우리 세대에게 우리를 묶어버린 제약들과 사회적 결정주의로부터 벗어나기 위한, 최선을 다해서 그것들과 멀어지기 위한 일종의 나침반을 제공했어요. 규범적이지 않은, 공통의 경험을 이야기한 글쓰기를 바탕으로 하는 나침반 말이에요. 당신은 모두에게 더 나은 세상의 윤곽을 그려볼 수 있는 힘을 바로 우리 안에서 찾아내라고 촉구하면서 문을 열어주었어요. 당신의 책들은 우리에게 든든한 고리이자 버팀목이었죠. 그래, 우리만 있는 게 아니야, 그녀가 있어, 지금도 있어, 이렇게 생각하는 거예요. 내 책에 "그녀가 내 어깨너머로 보고 있다"라는 말이 나오는데, 그저 은유적 표현으로 쓴 말이 아니랍니다. 나에게 그건 행복한 관계를 맺는 방식이에요.

사실 1970년대에 '여성'을 내건 출판 시리즈가 넘쳐났잖아요. 미뉘 출판사의 '다르게 말해진 여자들', 그라세의 '여자들의 시대', 드노엘공티에의 '여자', 스톡의 '그녀들 자신', '자기 시대를 사는 여자들', '여자들의 목소리', 쇠유의 '그녀들의 자유'가 있었죠. 그런 시리즈들로 나온 작품들이 아직 내 서가에 그대로 꽂혀 있어요. 특히 크리스티안 로슈포르Christiane Rochefort, 미셸 망소Michèle Manceaux, 마리 카르디날Marie Cardinal, 브누아트 그루Benoîte Groult, 마리엘라 리기니Mariella Righini가 중요한 자리를 차지하고요. 그런 시리즈들은 10년 정도 이어졌어요. 반면 당신은 첫 작품부터 갈리마르 출판사에서 책을 냈고, 당신의 책들 또한 일시적인 출판 붐에 그치지 않고 '칼 같은^{comme un couteau}◆ 글쓰기라는 이례적인 글쓰기 영역을 열었죠.

난 그때 내 책의 대상, 그러니까 지금이라면
'계급 탈주자가 지나온 경로'라고 부를 그것이
여성에 국한된 문제로 느껴지지 않았어요.

에르노   그때 나는 임신중지와 피임 자유화를 위한 운동^{MLAC}에 참여하고 있었고, 막 발표한 소설 『빈 옷장』도 배경이 불법 중절이었죠. 물론 그 배경 자체가 책의 목적은 아니었어요. 그보다는 드니즈 르쉬르라는 주인공이 대학 문학부까지 학업을 이어감으로써 이르게 된 '정당성을 누리는' 부르주아 세계와 서민적 출신 환경 사이에서 겪는 점진적인 괴리를 이야기하려 했죠. 임신중지를 포함해서 분명 자전적인 이야기였고요. 그때 원고를 '여성' 관련 시리즈를 내고 있던 출판사들에 보내지 않은 건 어느 정도는 본능적인 판단이었을 거고, 어쩌면 출판계를 잘 몰랐기 때문일 수도 있어요. 어쨌든 난 그때 내 책의 대상, 그러니까 지금이라면 '계급 탈주자가 지나온 경로'라고 부를 그것이 여성에 국한된 문제로 느껴지지 않았어요. 그래서 플라마리옹에 먼저 보냈죠. 곧바로 거절당했고요.

◆   Annie Ernaux, *L'écriture comme un couteau, entretien avec Frédéric-Yves Jeannet*, Paris, Gallimard, 2011[2003].

그다음에 크리스티안 로슈포르의 책을 많이 낸 그라세에 보내어요. 그리고 갈리마르에도 보냈고요. 안시°에 살 때였는데, 누벨 갈르리°°의 서점 진열대에서 갈리마르에서 나와 같은 해에 태어난 두 여자의 첫 소설을 펴낸 걸 보았거든요. 그래서 한번 해보지 뭐, 이런 생각이었어요. 그렇게, '백색 시리즈'°°°의 인기 때문이 아니라 정말 우연으로, 내 출신 세계와 분명한 대척점에 놓이는 출판사에서 작가 생활을 시작하게 되었죠.

책이 출간되었을 때 〈르몽드〉, 〈리베라시옹〉, 〈뤼마니테〉 등 대부분의 비평이 무척 호의적이었고, 특히 내 책이 문화와 학교에 맞서 "소송을 제기"했다면서 사회적 상승의 상처와 글쓰기의 폭력을 강조했어요. 〈르피가로〉는 내 책과 다른 두 여성 작가의 책을 한 묶음으로 얘기하면서 "이 여자들에게도 머리가 있고 마음이 있다"라는 제목을 달았죠. 정말 그대로가 제목이었어요. 정작 페미니스트 계열 언론에서는 내 글에 대한 기사가 전혀 없었죠. 아니 르클레르Annie Leclerc의 『여자의 말Parole de femme』이 큰 성공을 거두었을 때니까요. 르클레르의 책과 내 책이 어떻게 다르게 받아들여졌는지 알게 되는 건 나

◇　　　프랑스 알프스 지역의 도시로, 에르노는 1970년대 초반에 남편의 근무지인 안시에서 교사 생활을 했다.

◇◇　　모노프리, 갈르리 라파예트 등을 거느린 프랑스의 유통 그룹.

◇◇◇　Collection Blanche. 20세기 초반부터 누벨르뷔프랑세즈NRF의 이름으로 갈리마르에서 출간한 시리즈로, 표지가 흰색에 가까운 크림색 바탕이다. 문학과 비평 관련 시리즈로 유명하다.

로선 참 힘든 일이었죠.

라그라브   아니 르클레르는 크리스틴 델피가 앞장서서 이끌던 페미니즘
과 대립해서 페미니튀드^{féminitude}◇ 혹은 차이론자^{différentialiste}
라고 불리던 경향에 속했죠.◆ 아니 르클레르는 당신과 대척점
에 있었어요. 『여자의 말』(1974)이나 『혼례^{Épousailles}』(1976)에
서는 심지어 출산이 진정한 기쁨이라고 말했잖아요.

에르노   아, 맞아요. 기억나요. 그리고 연설에서 한 말들, 어린 여자아
이에게는 몸이 없다고 했죠. 자기는 생리하는 게 너무 싫어
서 안 하려고 찬물에 발을 담그고 있었다고, 그런데 나중에는
생리혈이 흘러내릴 때 쾌감을 느꼈다고도 했고요. 자기가 사
랑을 담아 가족을 위해 만든 감자 요리가 레스토랑의 감자만
큼 맛있어 보이지 않아서 속상했다고도 했잖아요. 물론 내가
40년 전에 읽은 책이니까, 어쩌면 지금 다시 읽으면 다르게
느껴질 수도 있겠죠. 사실 당시에 시몬 드 보부아르가 『빈 옷
장』을 읽으라고, 『여자의 말』은 피하라고 말했다는 얘기를 전
해 듣고는 기뻤어요.
시몬 드 보부아르가 『빈 옷장』을 추천했다는 사실은 나에게

◇   전통적으로 여성성을 가리키는 '페미니테^{féminité}' 대신 제시된 개념으로, 남성과의 '차이'를
만들어내는 태도를 지칭하기 위한 신조어이다.

◆   "페미니튀드 편에 선 사람들은 성별의 차이를 기린다. 문화의 편에 선 사람들은 문화적 조
건에 주안점을 둔다." Françoise Picq, *Libération des femmes, quarante ans de mouve-*
ment, Brest, Éditions Dialogues, 2011, p. 325.

아주 큰 의미를 가졌거든요. 두 번째 책 『그들의 말 혹은 침묵』이 경우는, 편지두 받아느데 『비 옷장』마큼 좋지는 않았다고 했죠. 그런 뒤에 『얼어붙은 여자』가 출간되었을 때 대담 자리에서 보부아르와 정기적으로 만나는 친구인 작가 클로드 쿠르셰Claude Courchay를 만났는데, 그가 나에게 보부아르한테 책을 한 권 보냈느냐고 물었어요. 안 보냈다고 했더니 많이 놀라더군요. 왜 그랬냐고요? 잘 모르겠어요. 어쩌면 이전 책처럼 미지근한 판단을 받을까 봐 두려웠을 수도 있어요.

『얼어붙은 여자』가 출간되자마자 여기저기 격분한 반응들이 일었죠. 갈리마르 출판사의 판매 담당자들이 시끌벅적하게 모였던 자리가 아직 기억나네요. 전부 남자였어요. 젠더화된 직업이었잖아요. 남자들은 돌아다니며 일하고, 여자들은 가정을 지키고. 그들이 나에게 결혼해서 아이를 키우며 직업을 가진 여자들의 조건을 어째서 그런 식으로 그린 거냐고 비난했어요. 특히 심했던 건 〈오늘, 부인〉이라는 텔레비전 프로그램이었죠. 우스꽝스럽게 과장하기도 했고, 가장 폭력적이었어요. 오후에 방영되고 여성 독자들을 초대해서 의견을 듣기도 하는 프로그램이었는데, 그날 나온 여자들은 옷차림과 장신구, 말하는 방식으로 보아 부르주아 계층에 속한 게 분명했어요. 그 여자들이 나에게 공격을 쏟아부었죠. "부인, 아이가 부담으로 여겨진다면 아예 낳지 말았어야죠!" 난 그 부담은 여자 혼자 지는 게 아님을 이해시키고 싶었지만, 당시에는 말도 안 되는 소리로 여겨졌어요.

사실 그때는 페미니스트 사이에서도 여자가 살림하고 식구들 먹이고 아이들을 돌보는, 그러니까 우리가 지금 정신적인 부담이라고 부르는 일들은 진짜 주제로 받아들여지지 않았어요. 〈F 매거진〉◇이라는 잡지에서 소설가 카트린 리우아 Catherine Rihoit의 글이 그 문제에 대해 심도 있게 비판한 게 전부였죠. 내가 쓴 많은 책이 논쟁의 대상이 되었지만, 『얼어붙은 여자』는 유난했어요. 거부의 대상이었죠. 그러니까, 1981년에는 도저히 받아들여질 수 없는 책이었던 거예요. 내가 문제 삼은 것들은 '사유되지 않은 것impensé'에 속했달까요. 반면 『단순한 열정』의 경우는…….

라그라브   맞아요. 나도 기억해요. 『단순한 열정』에 가볍고 감상적인 측면이 있다고 말한 페미니스트들도 있었잖아요. 『단순한 열정』은 이전 책들과 뚜렷이 구분되는 책이었어요.

에르노   나도 의식하고 있었지만, 나로선 그 책을 쓰는 게, 무엇보다 『자리』와 『한 여자』와 거의 다르지 않은 방식으로, 그러니까 감정적인 게 아니라 사실에 기반한 방식으로 쓰는 게 너무도 중요한 일이었어요. 1년 반 동안 나에게 무슨 일이 일어났는가? 이 질문에 대한 답이었거든요. 내가 처한 상태를 객관화하려 했고, 그 상태에 가장 잘 부합하는 말이 바로 **열정**이었

◇   여성에 관한 에세이 『그녀의 뜻이 이루어지리다 Ainsi soit-elle』(1975)를 썼고 1980년대에는 직업·직급·직책의 여성형을 만드는 용어 정리 위원회를 이끈 브누아트 그루가 1978년에 창간하여 1982년까지 발간된 페미니스트 월간지.

어요. 고통과 함께 절대적인 것을 환기하는 말이잖아요. 일상적인 삶 바깥에, 그 너머에 있다는 느낌 말이에요. 『단순한 열정』은 논쟁을 불러일으켰죠. 〈마리 클레르〉°가 여성 명사들과 일반 여성 독자들을 상대로 내 책을 어떻게 생각하는지, 그리고 열정에 대해 어떻게 생각하는지 대규모 설문조사까지 했으니까요. 지지하는 쪽이었던 카트린 드뇌브Catherine Deneuve부터 반대한 플로랑스 아르토Florence Artaud°°까지, 의견이 분명하게 갈렸죠. MLF의 '정신분석과 정치' 그룹의 주창자였던 앙투아네트 푸크Antoinette Fouque의 대답이 기억나네요. "열정을 거부하는 것은 인간의 조건을 거부하는 것이다"라고 했죠. 『단순한 열정』은 페미니스트적인 책이에요. 그때 내가 받은 편지들이 증명해주죠. 남자들과 여자들이 공유하는 상태를 해부하는 책이었어요. 그런데 책을 바탕으로 만든 2020년의 영화는 정작 아무런 논쟁도 일으키지 않았어요. 그 사이 열정이 평범한 주제가 되어버린 거죠.

라그라브 『사건』의 경우는 달랐죠.

에르노 맞아요. 『사건』은 『단순한 열정』과 정반대였어요. 2000년에 책이 출간되었을 때는, 물론 이따금 적의를 감추지 않고 거의

◇ 1937년에 창간되어 지금까지 발행되는 월간 여성잡지.

◇◇ 프랑스의 항해사로, 1990년 여성으로는 처음으로 대서양 횡단 보트 경기 '루트 드 럼Route de Rhum'에서 우승했다.

그대로 드러낸 사람들도 있었지만, 전체적으로 침묵과 무관심밖에 없었어요. 『사건』은 불법 임신중지에 관한, 그래요, 내가 대학생 때 겪은 일에 관한 글이죠. 하지만 그와 동시에, 기억과 글쓰기에 관한 글이었어요. 그 측면은 완전히 가려져버렸죠. 책에서 내가 두렵다고 말한 바로 그것, 그러니까 '악취미'에 속하는 주제가 되어버린 거예요. 그 시대에는 여자들의 몸에 관련된 일들은 감춰지는 게 일반적이었으니까요. 오랜 세월 동안, 그래요, 베유 법◇이 제정될 때까지죠. 여자들의 몸에 가해진 것들에 대한 기억은 지워져 있었어요. 『단순한 열정』이 20만 부가 팔린 것과 달리 『사건』은 2만 부에도 못 미친 것만 봐도 알 수 있죠. 그런데 20년 뒤에 오드리 디완 Audry Diwan이 만든 영화가 베네치아영화제에서 황금사자상을 타면서 모든 언론이 그 얘기를 하게 된 거예요. 하지만 정작 영화가 나올 즈음에는, 우리가 불가능한 일로 믿어온 사태가 다시 벌어지기 시작했죠. 그동안 합법적으로 시행되어온 임신중지가 우선 폴란드에서, 그리고 최근에 미국에서 금지되었잖아요.◇◇ 〈레벤느망〉◇◇◇에서 나오지 않는 생리를 기다릴 때부터 결국 응급실에 가게 될 때까지의 이야기를 텍스트 그대로 따라간 영화의 힘은 내가 바란 대로 보는 사람을, 이번에는 독

◇　프랑스의 정치가 시몬 베유Simone Veil가 보건부 장관 시절인 1975년에 제정한 임신중지 합법화 법.

◇◇　폴란드는 2021년에 임신중지를 사실상 전면 금지하는 법이 제정되었고, 미국 연방 대법원도 임신 초기까지 임신중지를 허용해온 판결을 2022에 폐기했다.

◇◇◇　프랑스어로 '사건'을 뜻하며, 소설 『사건』을 바탕으로 만든 영화이다.

영화 〈레벤느망〉의 포스터(2021)

자가 아니라 관객이죠. 현실의 끔찍한 공포 속으로 몰고 갔어
요. 임신중지가 금지된 사회에서 원하지 않은 임신이라는 가
혹한 현실에 혼자 던져진, 그야말로 단 한 번도 겪어보지 못
한 끔찍한 경험 말이에요. '불법 중절 시술사'의 주소를 알아
내고, 그 사람에게 줄 돈을 마련하고, 마침내 '그것'을 변기
속으로 밀어내고, 그렇게 혼자서 '헤쳐나가야' 하는 거죠. 몸
속에서 일어나는 끔찍한 시간의 진행, 고독, 어떤 수단을 쓰
더라도 아이를 지우겠다는 결심……. 어쩌면 이 모든 것을 책
보다 영화가 더 선명하게 그려낸 것 같아요. 주인공 역할을
맡은 아나마리아 바르톨로메Anamaria Vartolomei의 절제된 연기
덕분이었죠.

그런 나에게
『제2의 성』은 마치 환한 빛 같은 책이었죠.

에르노   나를 키운 책들이라면 당연히 『제2의 성』부터 꼽아야 해요.
열여덟 살의 나에게 결정적인 발견이었죠. 그때까지 난 남자
여자의 관계에 대해, 여자들이 처한 조건에 대해 아무것도 모
르던 상태였거든요. 남자들과 함께 있기가 왜 그렇게 불편한
지 이해할 수 없었어요. 그런 나에게 『제2의 성』은 마치 환한
빛 같은 책이었죠. 좀 서정적인 표현일 수는 있지만, 정말로
루앙에서 이제르 대로를 걸어 내려갈 때 느낀 그 감정이 아직
도 분명하게 기억나요. 보부아르의 가차 없는 증명이 나의 세
계관을 찢어버린 거죠. 사회가 성차로 구분되어 있고 남자들

이 특권을 누린다는 사실을 처음 깨달은 순간 얼마나 흥분되던지   .

몇 년 뒤에 얇은 책 한 권이 다시 내 마음을 흔들어놓았어요. 자닌 브레종Janine Brégeon의 『쓸모없는 하루Une journée inutile』였죠. 한 결혼한 여자가 어느 날 아침에 집 안에서 아무것도 안 하기로, 살림도 안 하고 요리도 안 하고 그야말로 아무것도 안 하기로 결심하는 얘기였죠. 지금 다시 한번 읽어보고 싶네요. 왜 혼자서 일을 다 맡아 해야 하는지에 대한 반항을 처음 품게 된 순간을, 그리고 『얼어붙은 여자』의 글쓰기의 발단을 그 책에서 발견할 수 있을 것 같아요. 1960년대에 또 뭐가 있었을까요? 맞아요. 클레르 에츠렐리Claire Etcherelli의 『엘리즈 혹은 진정한 삶Elise ou la vraie vie』도 있네요. 그 책을 내 학생들에게 읽히고 공부하게 할 생각이에요.

라그라브   나도 좋아한 책이에요. 나 역시 물론 그렇게까지 심하지는 않았지만 겪어본 상황들이 등장하거든요. 지방에 살다 파리로 이사 온다든가, 노동자들에 대한 착취를 발견한다든가. 경찰에게 검문당하고 모욕당하는 알제리 이민자 남자를 사랑하게 된 프랑스 여자가 체험한 알제리 독립전쟁° 등이 그래요. 알제리전쟁은 이후에 나의 정치적 참여의 모태가 되었으니, 바로 그 책이 나에게 반식민주의에 대한 확신을 다져준 거죠.

°   1954년부터 1962년까지 식민국인 프랑스와 독립을 원하는 알제리 사이에 벌어진 전쟁이다. 프랑스 내에서도 프랑스령 알제리를 프랑스공화국에 통합시키려는 파와 독립을 지지하는 파로 나뉘어 첨예하게 대립했다.

에르노	버지니아 울프 얘기도 하지 않을 수 없죠. 나는 『자기만의 방』은 마흔 살이 돼서 읽었지만, 『댈러웨이 부인』과 『파도』는 글을 쓰기로, 소설을 써보기로 결심했을 때 읽었어요. 소설가로서 버지니아 울프는 남자들이 지배하던 문학사에서 등대 같은 존재였죠. 나에게 자극과 힘을 주었어요. 버지니아 울프가 해냈으면 나도 해낼 수 있다! 글을 쓸 수 있다! 이런 거죠. 상황을 조금 설명해야겠네요. 난 처음에 적성과 안 맞는 직업을 골랐고—초등학교 교사°가 되려 했거든요—, 그러다가 오페어°°로 영국에 머물렀고, 돌아와서는 장차 교수가 되고 글을 쓰겠다는 욕망으로 대학 문학부에 입학했어요. 당시 '예비교양과정'°°°이라고 불리던 1학년은 경쟁이 아주 치열한 과정이었죠. 아무튼 그때, 놀랍게도, 내가 다른 학생들보다 철학이 아니라 프랑스어를 월등히 잘한다는 사실을 알게 되었어요. 이어 학사과정에 입학허가를 받고 현대문학을 골랐죠. 그런데 그 과정에 외국 문학 시험을 치러야 하는 '수료증'이 포함되어 있었고, 바로 그 수업에서 버지니아 울프를 알게 되었어요. 그런 뒤에는 아라공^{Aragon}이 이끌고 누보로망 논쟁에

◇   에르노는 이브토의 생미셸 기숙학교, 루앙의 고등학교 철학 계열 학급에서 공부한 뒤 초등교원을 양성하는 루앙의 사범학교에 우수한 성적으로 합격했지만 몇 달 만에 그만두었다.

◇◇   외국의 가정에서 아이들을 돌보거나 집안일을 하며 숙식과 급여를 받는 방식으로 언어와 문화를 익히는 프로그램.

◇◇◇ 중등교육을 마친 학생들의 대학에서 학사과정 수학을 위한 사전 적응 단계로 설립된 과정으로, 1966년에 폐지되었다.

도 참여했던 〈프랑스 문학Les Lettres françaises〉◇에 실린 울프의 글들을 읽어죠. 난 그 잡지를 정기 구독하고 있었고, 학교 교과 과정에 집중하던 다른 학생들과 달리 동시대에 이루어지고 있는 문학에 관심이 많았거든요. 그리고 그런 관점으로 소설을 한 편 썼죠. 세상 어느 곳도 자기 자리로 느끼지 못하는 여자아이 이야기였어요. 일인칭으로 진행되는 서술에 밤에 꾼 꿈, 미래를 앞질러 가기, 현재, 과거가 섞인 복잡한 구조였고요. 처음에 쇠유 출판사에 보냈는데 거절당했고, 그다음 쥘리아르 출판사도 마찬가지였죠. 그 원고는 마치 보존 문서처럼 내가 간직하고 있어요…….

울프 외에도 당시에 읽은 뷔토르Butor, 로브그리예Robbe-Grillet, 시몽Simon, 『공원Le Parc』과 『이상한 고독Une curieuse solitude』의 솔레르스Sollers 등이 각기 어떤 영향을 끼쳤는지 지금 와서 구분하기는 쉽지 않아요. 뒤라스Duras는 그보다 한참 뒤에, 형식에 대한 관심에서 벗어나고 또 『엘리즈 혹은 진정한 삶』과 페렉Perec의 『사물들』 같은 책에 끌릴 때쯤 읽었죠. 나탈리 사로트Nathalie Sarraute의 '대화 밑의 대화sous-conversation'◇◇도 있네요. 뒤라스는, 글쎄요, 좀 모호해 보여요. 난 『연인』을 읽고 별다른

◇ 프랑스가 나치에 점령당해 있던 1942년에 레지스탕스 운동의 일환으로 창간된 잡지로, 1970년대까지 발행되었다.

◇◇ 나탈리 사로트는 타인의 존재를 비롯하여 외부 자극으로 촉발되는, 언어적 표현에 선행하는 반응을 식물학의 용어인 굴성屈性,tropisme을 통해 설명한다. 그와 관련하여 대화가 만들어내는 모든 감각적이고 파동하는 현상들을 대화 아래서 일어나는 심층 담론이라는 뜻으로 'sous-conversation'이라고 지칭했다.

감흥을 못 받았어요.

라그라브　그래요?『태평양을 막는 제방』은요?

에르노　그건 다르죠.『태평양을 막는 제방』은 훌륭한 책이에요. 난 그 책을『연인』보다 늦게, 그러니까 출간된 지 20년이 지난 뒤에 읽었죠. 그 책을 발견해서 무척 기뻤지만, 너무 늦게 만나서 아쉬웠어요.

라그라브　『롤 베 스타인의 환희』는 어땠나요? 별로였어요?

에르노　특별히 좋지는 않았어요. 어쩌면 그 책이 내 삶에 너무 늦게 왔기 때문일 거예요. 어떤 글을 우리가 언제 만났는지도 중요하잖아요. 동시대 작품들에 대한 갈증으로 닥치는 대로 읽어나가던 시기가 있었는데, 그때 뒤라스는 내 길에 없었어요. 작가로서 이미 자리를 잡고 난 후에 만나게 되는 책들의 경우, 물론 그 작가와의 사이에서 일종의 공명이 느껴지기도 하지만, 반대로 멀게 느껴지기도 하죠. 내 경우엔 뒤라스가 그랬어요. 오히려 나탈리 사로트가 더 가깝게 느껴졌고요. 하지만 기억해보니, 이상하게도, 중등학교 3학년 과정 학생들에게 영화 〈히로시마 내 사랑〉의 시나리오를 읽게 했네요! 나도 뒤라스의 영화들은 늘 좋아했거든요.

라그라브　나에게 중요했던 책들도 거의 비슷해요. 그렇지만 난 뒤라스

를 많이 좋아해요. 특히 그 유려한 문체, 게다가 허구적이면
서도 상당히 묵직적인 환기력을 가지는, 두 가지를 같이 엮
어놓은 것 같은 문체가 좋아요. 『롤 베 스타인의 환희』의 경
우는 반대되는 것들의 아름다움, 말하자면 조응과 불협화
음, 아름다움과 고통, 인물들의 현실성과 비현실성, 소리의
찢김과 침묵의 아름다움이 느껴졌어요. 독자를 달래주기는
커녕, 오히려 독자를 길 잃고 방황하는 서술적 긴장의 힘으
로부터 벗어나지 못하도록 붙잡아두는 아름다움이죠. 뒤라
스의 영화에도 그대로 나타나고요. 내 경우는 또 조지 엘리
엇George Éliot과 외국 여성 작가 몇 명도 꼽아야 해요. 그리고
1970~1980년대에 읽은 케이트 밀레트Kate Millett와 베티 프리
단Betty Friedan 같은 미국의 페미니스트 작가들, 그리고 호주의
저메인 그리어Germaine Greer가 있는데, 그들이 일종의 중간 단
계 역할을 해서 내가 요즘의 페미니스트 이론가들로 넘어갈
수 있게 해준 셈이에요. 그리고 또, 버지니아 울프와 도리스
레싱Doris Lessing은 나에게 문학과 페미니즘 양쪽 모두의 등대
였죠.

나는 내가 여자로 만들어진 과정이
일반적인 유형을 벗어나 있던
내 부모의 모델에 닻을 내리고 있다고 생각해요.

에르노   나도 저메인 그리어의 『여성 거세당하다』와 케이트 밀레트를
          읽어봤어요. 페미니스트 이론가로는 좀 더 뒤에 크리스틴 델

피를 만났고요. 그 시대에는 파리에 사는 것과 지방에 사는 것이 많이 달랐어요. 나도 안시에서 지젤 알리미Gisèle Halimi 의 '선택하라Choisir'◇ 운동, 이어 임신중지와 피임 자유화를 위한 운동에까지 참여했지만, 페미니스트 활동과 만남은 대부분 파리에서 이루어졌죠. 파리는 내가 여섯 시간 기차를 타야만 갈 수 있는 곳이었고요. 1975년에 세르지◇◇로 온 뒤에도 상황이 크게 달라지지는 않았어요. 심지어 고립이 더 심해졌죠. 국립원격교육원CNTE. 지금의 CNED의 교수로 임명된 뒤로 '원격' 수업을 하니까, 동료들과도 학생들과도 다 떨어져 있게 된 거죠. 『얼어붙은 여자』는 1978년 가을에 쓰기 시작했는데, 이론을 참조하지 않고 그냥 내 경험과 기억으로 써나갔어요. 말하자면, 환자가 의사 앞에서 자기 병력病歷을 설명하듯이, 내가 어떻게 지금의 내가 되었는가라는 질문에 대답하려 한 거죠.

나는 내가 여자로 만들어진 과정이 일반적인 유형을 벗어나 있던 내 부모의 모델에 닻을 내리고 있다고 생각해요. 로즈마리, 당신의 경우는 아버지가 지배하는 좀 더 전통적인 부모 유형이었을 거예요. 내 아버지는 그렇지 않았죠. 아버지는 늘 아내의 결정을 따랐어요. 화산처럼 격정적인 어머니가 결혼

◇　1971년 〈르누벨옵세르바티르Le Nouvel Observateur〉지에 임신중지의 권리를 위한 343인의 공동 선언문이 실린 뒤 지젤 알리미와 시몬 드 보부아르가 세운 여권운동 단체이다. 원이름은 '여성의 대의를 선택하기Choisir la cause des femmes'이다.

◇◇　파리 서북부에 위치한 신도시 세르지퐁투아즈로. 에르노는 1970년대 중반부터 이곳에 거주했다. 『밖의 삶』과 『바깥 일기』 등 에르노의 글쓰기에 영감을 제공한 도시이다.

9세 무렵, 아버지와 함께

초기부터 모든 걸 결정했고, 특히 노동자였다가 작은 가게를 운영하는 소상인이 되기까지 사회적 궤적도 그랬어요. 아버지는 늘 어머니 의견을 따랐죠. 어릴 때 내가 본 여자들은 남자보다 우월했고, 하지만 내 부모의 경우를 제외하고는 늘 남자한테 순종하면서 정당한 대우를 받지 못했어요. 주변을 돌아보면, 내가 살던 동네나 내 어머니의 가족들이 다 그랬죠. 남자들은 술을 마시고―노동자들의 세계는 알코올중독에 사로잡혀 있답니다―아내나 자식이 데리러 올 때까지 늦도록 집에 안 가고 카페에 남아 있었어요. 여자들은 중요한 일을 맡아서 하고, 먹을 걸 만들고, 아이들을 키워야 했고요. 돈주머니를 움켜쥔 것도 여자들이었어요. 남자들은 오히려 그 질서를 위험에 빠트렸죠. 난 자라는 동안 줄곧 그렇게 확신했어요. 물론 다른 모델들이 전혀 없었던 건 아니지만요. 예를 들어 가톨릭 작가인 베르트 베르나주가 써서 1960년대까지 큰 인기를 끌었던 교훈적 이야기인 '브리지트 시리즈'에 등장하는 부르주아 가정의 모습이 그랬잖아요. 당시에 내가 그런 가정에 대해 어떤 생각을 했는지는 이제 기억이 잘 안 나요. 브리지트가 미혼이었다가 결혼하고 어머니가 되는 환경이 나의 환경과는 아무런 상관이 없다고 생각했을 거예요. 내가 브리지트를 부러워했는지도 잘 모르겠네요. 그 시기에 날 몽상에 젖게 한 건, 어머니가 사놓아서 나도 아홉 살 때 읽은 『바람과 함께 사라지다』의 스칼렛 오하라였어요.

『얼어붙은 여자』의 출발에는 일상 속에서 불쑥불쑥 솟아오르면서 점점 더 강박적이 되어간 한 가지 생각, 나에게 글을 쓰라고 부추기던 그 생각이 배어 있어요. '나도 직업을 갖고 일을 하는데, 장을 보고 음식을 만들고 빨래를 하고 아이들을 여기저기 데려다주고 병원에 데려가는 건 언제나 내 일이다. 난 단 한 번도 혼자 극장에 가지 못하고, 남편이나 아이들 없이는 휴가를 떠나지 못한다' 이런 생각이죠. 내가 상상하던, 스무 살의 내가 바라던 삶은 그런 게 아니었는데, 무슨 일이 일어났기에 바뀌고 말았을까요? 난 그 답을 알아요. 간단해요. 내가 대대로 상속된 가부장제를 대표할 만한 남자와 부르주아적인 결혼을 했기 때문이죠. 나는 당신의 아름다운 책의 제목처럼 나 스스로를 '가누기' 위해서 글을 썼지만, 또한 나 자신의 삶을 되찾기 위해서, 희미하게나마 변화를 촉발하기 위해서 한 일이기도 해요. 책이 출간되고 1년 뒤에 남편과 헤어졌고요.

라그라브 『얼어붙은 여자』가 출간되었을 때 그 책을 읽으면서 난 당시의 내 삶이 적나라하게 펼쳐진 모습을 보는 느낌이었어요. 물론 똑같지는 않아도 아주 많은 게 일치했죠. 난 놀라며 마음속으로 외쳤어요. '그래, 바로 이거야!' 당신의 책은 우리의 차이에도 불구하고 정말로 내 마음을 들쑤셔서 성찰과 질문을 불러냈답니다. 난 딸이 아홉, 아들이 둘 있는 가정에서 자라났고, 교사들까지 모두 여자인 여자 중등학교에서 기숙 생활을 했어요. 여성적 세계를 증오했고, 그 안에서 질식할 것 같았죠. 남자들의 세계에 대해 그야말로 아무것도 몰랐지만, 영웅들이 등장하고 온갖 음모가 펼쳐지는, 뛰어난 업적

보르도에서 남편 필리프 에르노와 함께 (1964)

들이 이루어지는 책 속의 세계들은 나에게 자유의 약속이 되었니요. 그때 난 '남자들의 세계가 바람직하다'라고 생각했어요. 그대로라면 철저한 안티페미니스트가 되었어야 하죠. 그래서 『스스로를 가누다』를 쓰면서 그런 내가 어떻게 페미니스트가 되었는지 보여주려고 애썼어요. 무엇보다 사적인 영역에서 지배 경험들이 자꾸 쌓였고, MLF의 그룹 상담 모임에서 그 경험들이 갖는 의미를 알게 되었죠. 같이 모여서 서로의 상황을 다 같이 분석함으로써 남성 지배가 얼마나 견고한 체계를 이루고 있는지 파악할 수 있었거든요. 그때 내가 속했던 '기혼 여성 그룹'에서(머지않아 다 이혼했죠) 내가 여자가 '되었다'기보다는 나 자신을 여자로 받아들인 셈이에요. 말하자면 여자인 것이 그때부터 진짜 내 일이 된 거죠. 그런 큰 변화를 겪고, 그 변화로 여럿이 함께하는 이론적 성찰에 참여하게 되고, 그렇게 나의 사회학적 접근법이 자리 잡게 되었어요. 그 뒤로 난 계급과 젠더라는 이중 초점의 안경을 썼죠. 사회계급에 우위를 둔 건, 나 스스로 청소년기부터 강하게 느꼈던 계급적 경멸mépris de classe에서 비롯되었을 거예요. 지금은 더는 쓰지 않는 말이지만, 나에겐 늘 계급 본능이 있었거든요. 나아갈 길을 개척하기 위한 일종의 나침반이었죠. 그리고 페미니스트로 사회활동에 참여하고 젠더 연구를 위해 여러 가지 시도를 하면서 계급과 젠더의 교차로 인한 결과들에 대해 자문하게 되었어요. 분명한 사회적 혹은 역사적 문맥 속에서 계급과 젠더가 각기 어느 만큼의 무게를 갖는가 하는 질문이었죠. 교차성intersectionnalité 개념은 사람들이 흔히 무시하려 하고 또 이슬람 좌파주의islamogauchisme◇로 규정하곤 하지만, 사실 새로운 개념은 아니에요. 1990년대에 다니엘 케르고아트Danièle Kergoat가 제안한 사회적 관계들의 동일실체성consubstantialité 개념에서 출발했죠. 행동의 긴장을 촉발하기도 하는 사회적 관계의 인종화 혹은 민족화 역시 우리의 성찰에 포함돼요. 5년 전부터 난 마그레브◇◇나 사하라 이남 아프리카 지역의 여러 나라를 다니는 순회 박사과정에 참여하고 있어요. 일주일씩 동료들과 같이 수업을 하는 방식으로요.◆ 첫 수업을 시작할 때 나에 대해 일종의 커밍아웃을 해야 한다고, 내 입장을 정확히 규정해야 한다고 느꼈죠. 능란하게 말하려고 노력했지만, 사실은 주문呪文인 셈이었어요. 나는 여자이고, 백인이고, 서구의 학교에서, 당신들을 식민지화했던 나라에서 왔다…… 나의 첫 정치적 참여는 다름 아니라 알제리전쟁 때였다고도 말했어요. 그런데 막상 그런 말을 하는 동안

◇　'gauchisme'은 전통적인 좌파를 의미하는 'gauche'와 구별되는 '극좌'의 의미로 사용되었고, 68혁명을 전후하여 프랑스 공산당이 기존 조직에 반대하는 좌파 조직을 비판하는 의미로도 사용되었다. '이슬람 좌파주의'는 프랑스의 학자 타기에프Taguieff가 탈종교적 세속주의를 주장하는 좌파가 오히려 세속주의를 거부하는 이슬람주의에 대해 보이는 호의적인 태도를 설명하기 위해 제시한 개념이다.

◇◇　아랍어로 '해가 지는 쪽, 서쪽'을 뜻하고, 아랍 세계 중에서 서쪽 지역에 해당하는 북아프리카의 모로코, 알제리, 튀니지 등을 가리킨다.

◆　2016년에 개설된 이 순회 박사과정은 마그레브, 사하라 이남 아프리카, 그리고 유럽의 국가들 사이의 학문적 관계를 장려하면서 사화과학 분야의 박사학위를 준비하는 연구자들의 교육을 지원하는 세미나들을 개최한다. 1기 과정은 2016년에 바마코(말리)에서, 2기는 2017년에 생루이(세네갈)에서, 3기는 2018년에 코토누(베냉), 4기는 2019년에 수스(튀니지)에서, 5기는 2022년에 부아케(코트디부아르)에서 진행되었다.

나 자신이 우스꽝스럽게 느껴지더군요. 결국은 내 양심의 가책을 덜어주는 만일 뿐이고, 어차피 정보와 저작 들이 부족한 그 나라들에 비해 사회과학 지식이라는 자본을 더 많이 가진 우리가 추가적인 특권을 누리고 있으니까요. 학생들은 내가 그런 식으로 시작하는 게 싫지 않았을지도 모르겠지만, 나로서는 모순과 모호성의 한복판에 놓였으니 자격지심이 들고 마음이 불편했어요. 결국 그런 마음 상태를 나의 연구에 관한 성찰로 돌려놓았죠. 어떤 위치에 놓이느냐에 따른 민족 중심의 무의식적 편견이 어떤 결과를 낳는지부터 연구해야 했던 거죠.

에르노   난 당신 같은 상황은 체험하지 않았지만, 아프리카 여성 작가들과 교류한 적이 있어요. 우리는 글을 쓴다는, 글을 쓰는 여자라는 사실로 가까워졌고, 각자 자신이 어떻게 글을 쓰게 되었는지, 무엇을 하려 하는지 이야기했죠. 물론 그런 식으로 글쓰기의 문제에 집중한다는 한계가 설정된 방식이 서구의 지배를 가려주거나 부정할 위험이 있다는 건 나도 인정해요. 당신의 경우는 하물며 지식을 주는 자리에 있었으니까 어느 정도는 지배 상황에 있었던 셈이네요.

라그라브   물론이에요. '당신은 주변부에서 고치려고 시도해보지만, 결국 그 어떤 것도 고치지 못한다.'

에르노   고치지 못하죠.

라그라브   맞아요.

여자들은 어떤 사회계급에 속하느냐에 따라서,
그리고 인종화되었는가 아닌가에 따라서
자신들에게 주어진 남성 지배라는 조건을
같은 방식으로 겪지 않으니까요.

에르노   보편적인 페미니즘은 불가능해요. 페미니스트 투쟁을 사회
투쟁과 분리할 수 없죠. 나에게 교차성은 명백한 일이에요.
여자들은 어떤 사회계급에 속하느냐에 따라서, 그리고 인종
화되었는가 아닌가에 따라서 자신들에게 주어진 남성 지배라
는 조건을 같은 방식으로 겪지 않으니까요. 내가 겪고 분석한
체험들에 근거하는 확신이죠. 노동자인 나의 친척 여성들과
내가 책 속에서 모델을 삼은 부르주아 여성들 사이에, 내 어
머니와 시어머니 사이에 어떤 공통점이 있을까요? 어머니가
내 시어머니를 두고 했던 말이 기억나요. "우리처럼 자란 사
람이 아니구나." 이때의 '우리'는 그냥 '너와 나'를 가리키는
게 아니라, 다른 환경에 속해 있다는 뜻이잖아요. 지금 생각
하기로, 내가 결혼 생활 중에 성차별적 지배를 받았고 또 받
아들인 건 내가 속한 출신 계급이 사회적으로 지배받는 계급
이었기 때문이에요. 당신과 마찬가지로 나에게 페미니즘은,
당신이 사용하는 표현을 그대로 가져오자면, "경험의 페미니
즘"이에요. 난 당신이 책에서 한 말에 전적으로 동의해요. "페
미니스트가 되는 것은 빈민가에, 신정神政 국가에, 혹은 옆 건

물에 사는 여성들의 착취가 모두 끝날 때까지 자신이 투쟁할 거임을 안다는 뜻이다. 다시 말하면, 영원히 투쟁할 준비가 되었다는 것이다."[◆]

요즈음 난 카미유 프루아드보 메트리Camille Froidevaux-Metterie로 대표되는 현상학적 페미니즘을 흥미 있게 보고 있어요. 시몬 드 보부아르처럼 "체험된 젠더"로부터, 그리고 남성 지배의 자리인 동시에 해방의 자리인 몸으로부터 출발한다는 점이 관심을 끌더군요. 하지만 한 가지 걱정은, 여성적 본성에 기반을 두었던 1970년대의 어느 페미니즘에서처럼, 예를 들어 '돌봄' 직종 같은 분야에서 사회적 제약이 여자들에게 가하는 특수한 무게가 가려지지는 않을까 하는 거예요.

라그라브   나에겐 교차성이 늘 곤란한 문제였어요. 특히 논문을 지도할 때 그래요. 분명한 상황에서 주어진 주제에 관련될 때, 젠더, 계급, 나이, 섹슈얼리티, 인종으로 인한 결과를 통계적으로 어떻게 다루어야 할까요? 아주 어려운 문제죠. 난 젠더와 교차성에 관한 불완전한 이론들을 비판하기보다는 방법들에 관한 집단 연구가 필요하다고 생각해요. 그런데 그렇게 여러 장치를 개선하려고 노력할 때, 주변에서—그중엔 훌륭한 연구로 나를 감탄하게 만드는 일부 동료들도 포함되죠—왜 젠더를 계급보다 우위에 두느냐고 이의를 제기하기도 해요. 우리

Rose-Marie Lagrave, *Se ressaisir. Enquête autobiographique d'une transfuge de classe féministe*, Paris, La Découverte, 2021, p.271.

는 젠더 연구가 학문적 정당성을 획득하고 학술 제도 안에 자리 잡을 수 있도록 싸워왔는데, 정작 사회계급에 인식론적 우위를 두지 않는다는 이유로 젠더 연구를 끌어내리려 하는 거죠. 나는 계급 탈주자이지만, 젠더 연구를 깎아내리는 사람들에게 맞설 수밖에 없어요. 사실 그들의 말을 뒤집어서 응수할 수도 있거든요. 남자 계급 탈주자들은 자신들의 젠더가 어떤 힘을 발휘했는지 잊고 있는 게 아닌가, 하는 거죠. 젠더 여정에 대해서는 침묵하면서 계급의 여정에 대해서만 말하잖아요. 부르디외를 예로 들어보죠. 나는 『부르디외와 함께 작업하기 Travailler avec Bourdieu』 중에서 '지배받은 여자들의 통찰력'에 관한 장을 맡았고, 거기에서 내가 부르디외의 『남성 지배』를 읽으며 얼마나 매혹되었는지, 동시에 얼마나 비판적으로 읽었는지 이야기했어요. 그가 보내준 원고를 읽고 나서 보낸 편지에 난 지금까지의 페미니즘 저작들을 부인하는 것은 독자들이 그의 책을 받아들이는 데 치명적인 걸림돌이 될 거라고 썼어요. 내 말이 맞았죠. 그는 페미니즘의 이론적 기여를 인지적 투쟁으로 인정하지 않은 거예요.

『자기 분석을 위한 개요 Esquisse pour une auto-analyse』◇에서도 자신의 젠더를 특권으로 인정하지 않고 오로지 출신 사회계층에 대해서만 말하잖아요. 자기가 얼마나 "큰 폭의" 경로를 지나왔는지 강조하면서, 정복된 자리들을 나누는 과정에 성차에 따

◇   국내에는 "자기 분석에 대한 초고"라는 제목으로 출간되었다. 'esquisse'는 '초벌 그림, 글의 초안'을 뜻하지만, 여기서는 비유적 의미로 '개요'가 적합해 보인다.

른 불평등이 있었다는 사실은 외면하죠. 교수가 된 여자들 중에 부르디외에 대해 큰 폭의 계급 이동을 한 사람은 드물죠. 그래서 특별히 주목할 만한 게 아니고 실제 주목되지도 않은, 이야기될 만한 가치가 없는 자신들의 궤적에 대해 잘 말하지 않죠. 은퇴할 때만 예외예요. 유리천장까지 올라가서 비로소 악조건을 무릅쓰고 자신의 사회적 기원을 밝히는 거죠.

남자들은 보통 남성의 조건과 남성다움에 대해 잘 생각하지 못하는 것 같아요

에르노 　부르디외를 필두로 한 남자 계급 탈주자들이 남성의 특권에 대해 충분히 자문하지 않았다는 건 나도 자주 하는 생각이에요. 그 문제에 관해선 책을 한 권 쓸 만하죠! 지식인이든 예술가든 정치가든, 남자들은 보통 남성의 조건과 남성다움에 대해 잘 생각하지 못하는 것 같아요. 『남성 지배』를 읽으면서도 사실 나는 그다지 새롭지 않은, 다른 책에서 이미 읽은 내용이라는 느낌이 들었어요. 오히려 부르디외가 사랑을 남성 지배와 상징 폭력을 넘어서는 것으로 간주하면서 일종의 찬가를 펼치는 대목에서 놀라고 흥분했었죠.

라그라브 　「지배와 사랑에 관한 추신」에 나오는 마법의 섬 얘기로군요.

에르노 　맞아요. 마법의 섬. 읽다 보니 부르디외가 개인적으로 체험한 연애에서 영감을 얻었으리라는 생각이 들더군요! 부르디외가 선행 이론서들을 중요시하지 않는다는 말에는 나도 찬성해요. 하지만 '남성 지배'라는 개념과 표현이 확실한 존재감을 얻고 널리 퍼진 건 바로 그의 책 덕분이었죠.

라그라브   맞아요. 사회과학에서 제대로 대접받지 못하던 '남성 지배' 개념이 부르디외가 임프리마투르°를, 정당성을 부여한 덕분에 널리 알려지게 된 건 사실이죠. 여기서 남성 지배 개념의 계보학을 따라가려는 건 아니고, 그 아버지든 어머니든 조상을 찾을 생각도 없지만, 어쨌든 남성 지배는 모리스 고들리에 Maurice Godelier의 『위대한 남자들을 만들기La production des Grands Hommes』의 부제로 이미 사용되었어요.◆ 물론 그 또한 콜레트 기요맹Colette Guillaumin, 니콜클로드 마티외Nicole-Claude Mathieu, 마리엘리자베트 안드만Marie-Élisabeth Handman의 연구에서 영향을 받았고, 그 이전에도 제르멘 틸리옹Germaine Tillion, 아네트 바이너Annette Weiner, 카미유 라코스트 뒤자르댕Camille Lacoste-Dujardin 등의 연구와 함께 가부장 체계에 관한 또 다른 연구

◇   imprimatur. '그것이 인쇄되게 하라'는 뜻의 라틴어로, 인쇄물의 내용이 가톨릭 신앙과 윤리에 위배되지 않음을 확인하고 내리는 인쇄 허가를 뜻한다.

◆   Maurice Godelier, *La production des Grands Hommes. Pouvoir et domination masculine chez les Baruya de Nouvelle-Guinée*, Paris, Fayard, 1982. (인류학자 모리스 고들리에가 뉴기니의 바루야족을 연구한 책으로, 부제는 "뉴기니의 바루야족에서의 권력과 남성 지배"이다.—옮긴이)

들도 있었고요.[*] 그리고 남성적 원칙에 관한 인류학적 기반과 보편적 성격을 규명한 프랑수아즈 에리티에(Françoise Héritier)도 있죠. 내가 에리티에의 정년 퇴임 기념 논문집에 쓴 「남성적 원칙의 사회적 지배에 관한 두 번째 유형의 대화」에서 분석한 대로, 물론 부르디외가 세상을 떠났을 때 에리티에가 경의를 표하기는 했지만, 에리티에와 부르디외를 비교하는 건 무의미해 보여요.[**] 난 인류학을 배우면서 미셸 페로, 아를레트 파르주 등과 함께 '여성사 그룹'에 참여했고, 그 경험이 내가 중심을 벗어날 수 있게 된 결정적 계기가 되었죠. 사회학에서 멀어졌다는 게 아니라, 좀 더 복합적인, 차이를 고려하는 관점으로 바라보게 되었다는 뜻이에요. 관념들과 개념들과 범주들의 역사성을 고려하고, 사회적 사실들이 어떻게 지금 상태로 만들어졌는지 고려하는 거죠. 또 다른 책으로, 난 동료

---

[*] Cf. Colette Guillaumin, *L'idéologie raciste. Genèse et langage actuel*, Paris–La Haye, Mouton, 1972 ; Marie–Élisabeth Handman, *La violence et la ruse. Hommes et femmes dans un village grec*, Ax–en–Provence, Edisud, 1983 ; Camille Lacoste–Dujardin, *Dialogue de femmes en ethnologie*, Paris, Maspero, 1977 ; Nicole–Claude Mathieu, *L'anatomie politique. Catégorisations et idéologies du sexe*, Paris, Côté–femmes, 1991 ; Germaine Tillion, *Le herem et les cousins*, Paris, Seuil, 1966 ; Annette B. Weiner, *La richesse des femmes ou Comment l'esprit vient aux hommes. Îles Trobriand*, trad. par Richard Sabban et Danièle Van de Velde, Paris, Seuil, 1983 [1977].

[**] R.–M. Lagrave, "Dialogue du deuxième type sur la domination sociale du principe masculin," dans Jean–Luc Jamard, Emmanuel Terray et Margarita Xanthakou (dir.), *En substances, Textes pour Françoise Héritier*, Paris, Fayard, 2000, pp. 457~469 ; Françoise Héritier, "Françoise Héritier : une inlassable exigence," *Le Monde*, 26 janvier 2002.

여성 연구자들인 니콜 로로Nicole Loraux, 뤼세트 발랑시Lucette Valensi, 크리스티안 클라피슈 주버Christiane Klapisch-Zuber의 책을 읽었어요.◆ 그렇게 받아들인 여러 분야의 지식을 조합해서 나 자신의 방식을 찾으려 애썼고요. 내가 소르본대학교에서 특히 아롱과 귀르비치Gurvitch에게서 사회학을 배울 때만 해도 여성 사회학자가 쓴 고전적 이론서는 단 한 권도 읽을 수 없었어요. 여자가 쓴 사회학 서적을 분석하는 귀르비치의 모습은 상상할 수조차 없죠! 마르크스, 마르크스, 오로지 마르크스였답니다. 그 유명한 러시아 억양을 감미롭게 살려가면서 계속 마르크스 얘기를 했죠. 여성 사회학자들의 저서가 다뤄지기 시작한 건 최근 들어 크리스틴 델피와 몇몇 앵글로색슨 여성 연구자들의 저작 덕분이었어요.

에르노   프랑수아즈 에리티에는 나에게도 굉장히 중요했어요. 인류학적 탐구로, 다시 말해 과학적 접근법으로 남성 지배 개념을 수립했잖아요. 에리티에의 『남성/여성Masculin/féminin』은 나에게 거의 성서와 같았죠. 흥미롭게도, 내 개인적 삶에서 에리티에의 이론의 반향을 발견하기도 했어요. 그 이론에 따르면

◆   *Cf.* Nicole Loraux, *Façons tragiques de tuer une femme*, Paris, Hachette, 1985 ; *ead., Les mères en deuil*, Paris, Seuil, 1990 ; Arlette Farge et Christiane Klapisch-Zuber (dir.), *Madame ou Mademoiselle? Itinéraires de la solitude féminine (XVIIIe-XXe siècle)*, Paris, Montalba, 1984 ; Christiane Klapisch-Zuber, *Women, Family, and Ritual in Renaissance Italy*, trad. par Lydia G. Cochrane, Chicago, The University of Chicago Press, 1985 ; Lucette Valensi, *Le Maghreb avant la prise d'Alger (1790~1830)*, Paris, Flammarion, 1969.

남자가 여자를 통제하는 건 여자들이 동성同性인 딸뿐 아니라 ʼ잉이 다른 아들까지 낳는다는 사실 때문이잖아요. 언젠가 내가 당시 십대이던 두 아들을 데리고 어머니에게 갔는데, 그때 어머니가 놀라움과 찬탄이 섞인 야릇한 표정으로 이렇게 외쳤거든요. "참으로 든든한 사내들이로구나!" 물론 씩씩한 모습에 대한 경탄일 수도 있지만, 내 눈에는 딸 둘°을 낳은 어머니가 아들 둘을 낳은 어머니 앞에서 눈앞에 보이는 장면을 못 믿어 하는 것처럼 보였어요.

『남성/여성』의 끝부분에서 프랑수아즈 에리티에는 "남자가 되는 시기와 남성성"에 관한 연구는 왜 없는지 묻잖아요. 바로 그 블랙홀 같은 침묵이 인류에게 닥친 모든 것을 정당화하죠.♦ 20년도 더 된 일이니까 에리티에는 진정 선구자라고 할 수 있어요. 난 요즘, 특히 미투MeToo 이후로 페미니즘 운동이 남자들에게 자신들의 남성성에 관해 묻지 않을 수 없게 한다고 생각해요.

내 경우 주디스 버틀러Judith Butler는 늦게 읽었어요. 그 이론을 접하고는 꽤 큰 충격을 받았고요. 언제나 무의식적으로 내가 여자라는 정체성을 통해 생각해왔다는 걸 깨달은 거죠.♦♦

◇　　에르노에게는 자기가 태어나기 두 해 전에 여섯 살의 나이로 디프테리아로 사망한 언니가 있었다. 에르노는 나중에 알게 된 그 이야기로 『다른 딸』(2011)을 썼다.

♦　　F. Héritier, *Masculin/féminin. La pensée de la différence*, Paris, Odile Jacob, 1996, p. 303.

♦♦　　Judith Butler, *Trouble dans le genre. Pour un féminisme de la subversion*, trad. par Cynthia Kraus, Paris, La Découverte, 2005 [1990].

젠더를 통해서 생각하게 되면 타자에 대한 인식이 상당히 많이 달라지잖아요. 처음에는 버틀러의 페미니즘 이론이 순전히 이론적인 것으로 보였는데, 지금은 이성애가 규범화된 사회를 밑바닥부터 뒤집는 전복이 될 수 있다는 생각이 들어요. 하지만, 아무리 그래도, 난 사회적이고 인종적인 차이가 고려되기를 바라는 쪽이에요. 크리스틴 델피가 그랬던 것처럼요.[◆] 내가 30년 전부터 읽어온 역사가 미셸 페로와 아를레트 파르주 얘기도 해야겠네요. 둘 다 여성의 역사를 사회의 역사와 분리하지 않았고, 직접적인 체험에 가까운 물질적 연구 대상들에 매달리잖아요. 페로의 『방의 역사』만 봐도 알 수 있죠. 둘 다 일인칭으로 자주 쓰고, 내가 보기에 아를레트 파르주가 쓴 『침대 두 개가 놓인 방과 텔아비브의 구두 수선공 La chambre à deux lits et le cordonnier de Tel-Aviv』, 미셸 페로의 『노동의 멜랑콜리 Mélancolie ouvrière』는 문학과 역사에 동시에 속하는 책이에요.[◆◆]

라그라브   그동안 연구자와 연구 대상과의 거리를 나타내는 '사람들[on]'[◇]을 주어로 사용해서 연구 주체를 비개인화하는 게 사회학의 관례였죠. 물론 이제는 그렇지 않지만, 적어도 내가 공부할

◆   Christine Delphy, *Classer, dominer, Qui sont les autres?*, Paris, La Fabrique, 2008.

◆◆   Michelle Perrot, *Histoire de chambres*, Paris, Seuil, 2009 ; *ead.*, *Mélancolie ouvrière*, *"Je suis entrée comme apprentie, j'avais alors douze ans,"* Paris, Grasset, 2012 ; Arlette Farge, *La chambre à deux lits et le cordonnier de Tel-Aviv*, Paris, Seuil, 2000.

◇   프랑스어로 일반 사람들을 주어로 지칭할 때 쓰이는 부정不定대명사이다.

땐 그랬어요. 지금은 학생들이 '나'라고 말하면서 자신이 자리 집은 위치와 상황식 무세를 느러낼 수 있거는요. 난 『스스로를 가누다』 이전에는 한번도 '나'를 쓰지 못했어요.° 심지어 책을 쓰기 시작한 뒤에도 처음 서문에서는 '사람들'을 사용했는데, 동료들한테 이상하다는 지적을 받았어요. 결국 '나'를 쓰기 시작했는데, 저급한 나르시시즘에 빠질 수 있다는, 혹은 보통의 자기 이야기로 표류하게 될지 모른다는 두려움을 떨치기 힘들었죠. 결국 부르디외가 말하는 "전기적 환상"에 빠지지 않기 위해서, '나'를 내가 지나온 여러 다른 문맥 속에 넣어서 그때마다 '나'가 어떤 형상과 색채를 띠는지 보여주기로 했어요. '나'는 남들과의 관계 속에서만 가능하고, 제도와 모임, 다수의 다양한 집단에 의해 만들어지고 다듬어지니까요. 정체성의 주인으로서의 '나'가 아니라 사회에 의해 만들어진 '나'인 거죠. 그런데 '나'라고 쓰면서 나는, 내가 생각했던 것과 달리, 그것이 아버지와 맞서는 일임을 깨달았어요. 아버지는 수시로 "내 자식 중 어느 하나도 혼자 튀지 않았으면 한다"라고 말했거든요. 우리 형제들이 서로 구별되지 않는, 나뉘지 않는 한 무리가 되길 바란 거죠. '나'라고 말하는 건 그런 규칙에 대한 불복종이었고요. 그 규칙으로부터의 해방이기도 했지만, 한 가지 질문을 끈질기게 불러오는 바람에 성가시기도 했죠. 그건 바로 '이 책은 내가 나의 형제들로

◇　이 점에서 라그라브의 『스스로를 가누다』는 '자기 사회학 ego-sociologie'이라는 용어로 지칭된다. '나'의 기억이 가장 중요한 요소이고, 편지, 수첩 등의 물질적 증거들과 가족을 비롯한 지인들과의 인터뷰를 포함한 사회학적 접근법을 바탕으로 한다.

부터 벗어나는 방식일까?'라는 질문이었어요. 나는 '나'라고 말하는 데 성공했고, '나'를 개인화하지는 않았어요. 이미 당신이 쓴 글들을 통해서 그 문제에 대해 알고 있기도 했고요. 당신의 글에 대해 비평가들은 '나'라는 인칭을 벗어나서 '그녀'라고 말하면, 삼인칭으로 쓰는 그 순간부터 보편성에 이른다고 했죠. 사실 난 당신 스스로도 그렇게 말하고 있다고 생각해요. 그때 나는 '나'를 사용하면 보편적 가치를 갖지 못하는 특수한 경우를 소개하는 데 그치게 될까 봐 두려웠어요. 그런데 내 책이 나온 뒤의 반응을 보면서 깨달았죠. 독자들은 내가 지나온 길을 그 특수한 개별성으로 이해하기보다는, 독자들 자신의 길을 비춰보라고 내민 일종의 거울로 받아들인다는 사실을 말이에요. 처음엔 '나'가 두려웠는데, 결국은 나쁘지 않았어요. 심지어 글쓰기의 상대적인 자유에 이를 수 있었죠.

에르노 　난 당신 책이 삼인칭으로 쓰일 수 있다고 상상도 못 하겠어요. '사람들'은 더 말할 것도 없고요. 그리고 조금 전에 당신이 삼인칭을 사용하면 보편성에 이를 수 있다고 한 말에도 찬성할 수 없어요. 내 생각엔 오히려 '나'가 보편성에 이르기 더 쉬운 것 같아요. 물론 '나'가 자기 자신에 집중하지 않는다는 조건에서요. 사실 그 문제는 대명사 하나로 결정되는 게 아니라 자기 자신에게 세계 속의 어느 자리를 할당하느냐에 달려 있죠.

라그라브　　하지만 당신은 '그녀'를 써서 그렇게 했어요.

텍스트가 앞으로 나아갈수록,
그 텍스트가 내 안에서 만들어내는 발견들,
드러내는 진실들이 힘을 발휘하는 거죠.

에르노　　『세월』하고 『여자아이 기억』 일부에서 그랬죠. 나머지는 처
음 글을 쓸 때부터 전부 '나'였고요. 당신은 학술적 글쓰기의
비개인성에 매여 있었으니까, 나와 반대인 거죠. 『사건』이나
『수치』와 달리, 『세월』을 쓸 때는 내가 개인적으로 지나온 길
을 되짚어가겠다거나, 내 인생의 어느 한순간 속으로 빠져들
겠다는 생각이 없었어요. 그보다는 한 세대를, 우리 안에서
그리고 밖에서 변화한 것들과 함께 이야기하고 싶었죠(처음
엔 세대라는 말을 그 책의 제목으로 생각하기도 했답니다). 물론 여
자로서, 그리고 암암리에 계급 탈주자로서 그 일을 하고 싶었
던 거예요. 『세월』을 쓰겠다는 계획은 마흔다섯 살쯤에, 지나
간 시간에 대한 강렬한 자각에서, 그리고 내가 살고 생각하
는 방식을 내 어머니나 1950년대의 일반적 세계의 방식과 비
교해볼 때의 당혹감에서 시작되었어요. 많이, 특히 여자들에
겐 엄청나게 많이 바뀌었잖아요! '나'를 '사람들'과 '우리' 안
에 위치시키면서, 그렇게 내 뒤에 놓인 시간을 되짚어보고
싶었어요. 하지만 '나'를 다 비워내기까지 오래 걸렸죠. 정말
로 비워내면 구체성이 떨어질 것 같았거든요. 그래서 내 책
은 역사서, 사회학 저술과 어떻게 다른가 자문해보았고, 개인

적인 사진들을 넣어 설명하고 그 사진과 관련된 기억과 미래로의 투사를 더하는 방식으로 답을 얻었어요. 『여자아이 기억』에선 주체가 누구인가에 따라서 '나' 혹은 '그녀'를 내세웠죠. 1958년에 열여덟 살이던 여자아이를, 그 아이가 폭력적으로 처음 겪은 성적 경험을 내가 다른 '나'를 보듯이 멀리서 본 거예요. 그 아이는 사회적이고 도덕적인 규칙이 지금과 전혀 다르던 시절에 자신의 믿음과 아비투스에 따라 변화해나갔고요. 나는 망원경으로 보듯 그 아이를 바라봐요. 그런 식의 거리두기가 점점 더 편하게 느껴지죠. 처음 쓰기 시작했을 땐 '나'를 피할 수 없었지만요. 그 자유는 계급 탈주자로서의 나의 역사와 그 특성들에 관계될 테죠. 탈주자는 서로 다른 여러 상황과 경로를 포괄할 수 있는 단어잖아요. 『빈 옷장』의 경우는 아무도 모르게, 아무한테도 말 안 하고 썼어요. 책 내용이 나와 가까운 사람들에게는 폭력적이라는 걸 알았기 때문이죠. 그래도 흔들림 없이 썼어요. 다 쓰고 나면 출판사에 보내게 되리라는 것도 알았고요. 그 글이 출간되리라는 생각이 어째서 단 한순간도 날 멈춰 세우지 않았을까요? 텍스트의 힘, 글쓰기 자체의 장악력 때문이에요. 텍스트가 앞으로 나아갈수록, 그 텍스트가 내 안에서 만들어내는 발견들, 드러내는 진실들이 힘을 발휘하는 거죠. 그리고 또, 그때 난 서른두 살이었는데, 8년 전에 노르망디를 떠난 뒤로는 어머니를 제외하고는 내 출신 세계와의 모든 연결이 끊어진 상태였어요. 게다가 난 외동딸이었고요. 그렇다 해도 어머니는 당신 글에 나오지 않느냐고 반문하고 싶을 테죠. 맞아요. 어머니는 그걸 다 받아내야 했죠……. 심지어 당시에 어머니는 우리 집에, 그러니까 내 남편과 두 아이와 함께 지내고 있었어요. 아버지 생전에는, 『빈 옷장』은 물론이고 『자리』도 쓰지 못했을 거예요. 하지만 어머니는 달랐죠. 내가 스물두 살 때, 엄마, 있잖아요, 나 책을 써요, 그랬더니 어머니는 기쁨으로 상기된 얼굴로 대답했어요. "아! 잘됐구나. 나도 할 줄 알면 썼을 텐데." 어머니가 말한 '할 줄 알면'은 바로 '글을 쓸 줄 알면'이라는 뜻이에요. 결국 어머니는 나에게 써도 좋다는 허락을 한 셈이죠. 아니, 쓰라고 명령했어요.

어쨌든, 독자들에게 여러 번 받은 질문이기도 한데, 난 단 한 번도 가까운 사람들이나 누군가의 반응에 대해서 생각해본 적이 없어요. 단숨에든 서서히든 나를 사로잡은 것, 어서 써달라고 요구하는 것을 쓰지 않을 수 없으니까요. 『단순한 열정』과 『탐닉』은 내 아들들에게 아마도 읽기 힘든 글이었을 테죠. 『단순한 열정』 앞부분에서 글쓰기는 "도덕적 판단의 정지"◆를 지향해야 한다고 쓴 건, 그 글이 펼쳐놓게 될 위반적 성격을 받아들이게 만드는 방법이었을 거예요. 사실상 난, 텍스트와 단둘이 대면한다는 점에서, 엄청난 고독 속에서 글을 써요. 하지만 당신이 가족을 생각하면서 스스로에게 던진 질문들도 다 이해할 수 있어요.

라그라브   조금 전 당신은 당신 안에 자리 잡은 글쓰기가 있다고 했어요.

◆   A. Ernaux, *Passion simple*, Paris, Gallimard, 1992, p. 12.

그게 나와야 하고, 글로 쓰여야 하는 거죠. 글쓰기의 욕망, 그리고 글쓰기의 힘이 있으니까요. 거기가 바로 문학과 사회학 사이에 놓인 경계일 테고요. 사실 그 경계에는 여기저기 구멍이 뚫려 있죠. 어떤 것이 사회학에서 가능한지 아닌지를 내가 판단할 수는 없지만, 늘 그 문제에 관심을 쏟고 있어요. 하지만 당신이 책에서 사용한 소재들 중에 내 책에서는 전적으로 배제된 것들도 있죠. 성생활, 아버지와 어머니의 죽음, 단순한 열정과 그렇지 않은 열정, 임신중지가 범죄였던 시절에 겪은 끔찍한 중절의 고통, 방학 캠프에서 겪은 강간의 경험 같은 것들이죠. 당신의 작품과 내 책의 큰 차이를 말하자면, 당신에게는 내밀한 것의 한계를 밀어낼 수 있는, 아니 없애버릴 수 있는 능력이 있다는 거예요. 당신은 그렇게 해서 "사적인 것이 정치적인 것이다"라는 페미니스트 슬로건을 되살리죠. 『단순한 열정』과 『사건』에서 당신은 아무도 다가갈 엄두를 내지 못하는 판도라의 상자를 열었어요. 사회학자로서 나는 까다로운 질문과 맞닥뜨렸고요. 바로 내밀성의 경계가 어디까지인가 하는 거죠. 예를 들어 내 형제자매들과 인터뷰할 때의 태도가 그랬고, 나의 사적인 삶을 되살릴 때도 마찬가지였어요. 난 가까운 사람들의 사적인 것을 내가 마음대로 끌어내지 않으려고 조심했어요. 내가 겪은 상처들 중에도 인터뷰에서 언급하지 않은 것들이 있고요. 이른바 '사적인' 삶에 대해 나 스스로 자기검열을 한 거예요. 두 경우만 예외죠. 그러니까 첫 고해성사 이야기, 오빠와 함께 루르드로 순례를 갔던 이야기는 내밀한 요소들로 분류될 수 있어요. 일반적으로 행해지던 관례들이지만 주관적 방식으로 이야기했으니까요. 내가 그렇게 자기검열을 한 두 가지 이유를 꼽을 수 있어요. 우선 사회학적 도구들로부터 출발해서 내밀한 것을 포착해서 통제할 능력을 갖지 못했기 때문이고, 또 대학 사회에서 정당성을 거의 인정받지 못하는 자전적 영역에서 개인적으로 나 자신을 드러내는 게 두려웠기 때문이에요. 그래서 나 스스로 경계하는 나에 대해서는 더 잘 거리를 두기 위해, 내가 지나온 길 중에서 책 속에서 제시할 경로를 선택한 거죠.

그 궤적을 사회학자로서 되짚어가기 위해서 난 자서전과 자전적 조사의 차이를 강조했어요. 나에게 중요한 말은 '조사 enquête', 다시 말해서 결과가 나의 주관성에 달려 있지 않고 경험적 재료들을 바탕으로 함을 증명할 수 있을 만큼 충분한 근거와 자료를 모으는 일이었죠. 그래서 가족 관련 서류들을 집안의 보존 문서로, 내 어머니가 수입 지출을 적어둔 수첩을 일상적인 '금전출납부'로, 한 번도 열어본 적 없는 상자 속에 들어 있던, 다시 말해 누군가 읽어본 적 없는 부모님의 약혼 안내장을 두 가족 사이에 약혼이 성사되었음을 알리는 증거로 삼았어요. 그리고 내 가족에만 한정하게 되면 특수한 개별적 예가 될 테니까, 그렇게 되지 않도록 도립 자료보관소들의 보존 자료, 칼바도스 교육청의 보존 자료를 바탕으로 우리 형제들의 학업 성취 결과를 같은 구역에 속한 다른 학생들의 결과와 비교해보았죠. 당시 자녀가 많은 농촌 가정 아이들의 학업과 관련된 통계와 연구조사를 통해서, 내 형제자매들의 경우는 통계를 바탕으로 한 예측을 벗어났다는 사실을 확인할 수 있었어요. 그렇게 된 게 우리 형제들에게 특별한 재능이 있었기 때문이 아님도 밝혀냈고요. 우리 형제들이 학교를 통한 사회적 구원을 누린 건 몇 가지 요소의 만남으로 가능해진 일이었어요. 우선 초등학교 교사들이 학생들을 중등학교에 보내는 문제에 관심을 쏟았고, 우리 부모님은 집에서 먹이고 키울 아이의 수를 줄이고 싶어 했고, 국가가 주는 장학금이 있었죠. 난 그 자료들을 바탕으로 내 형제자매들과, 이어 내 두 아들과 인터뷰를 했어요. 그들의 궤적이 어떤 특수성을 지니는지 알아보고, 그와 동시에 가족 이야기들 사이의 차이를 드러내고 싶었거든요. 자서전에서 조사로 넘어가기는 그런 식으로 자료를 축적하고 분석하는 우회로를 상정하는 일이죠. 그래야 내 개인적인 기억에 머물지 않을 수 있으니까요. 당신은 늘 일기를 써왔지만, 난 한 번도 써본 적이 없거든요. 난 언제든 튀어나오려고 하는 '나'를 자료와 보존 서류 다발 속에 꽁꽁 묶어두었어요. 그렇게, 사회학에서 하는 것처럼, 경로들 중 한 가지를 선택해서 내 주장을 증명해야 했죠. 내 책의 목적은 한 가족, 바로 내 가족이 삼대에 걸쳐 지나온 불확실한 경사 길을 따라가보는 것, 그리고 열한 명의 자식들이 '놀라운 학업 성과'도 없이 어떻게 계층 이동을 하게 되었는지 이해하는 거였으니까요.

에르노　가족, 그리고 출신 환경 얘기 중에, 난 당신이 자신의 가정 환경에서 가톨릭이라는 종교가 어느 정도 중요한 자리를 차지했는지에 대해 심도 있게 접근해준 게 좋았어요. 종교가

1950년대는 물론이고 1960년대까지도 프랑스 사회에 아주 깊게하게 스며들어 있었잖아요. 물론 사회계급에 따라서 그 방식은 달랐죠. 내 어머니의 가족이나 우리 가게 손님이던 노동자들의 환경에서는 실제로 종교 생활을 실천하는 일은 드물었어요. 설령 있다 해도 여자들만의 일이었죠. 내 아버지만 해도 신자는 아니었고, 어쩔 수 없이 미사에 가서는 끝나면 빨리 나갈 수 있도록 제일 뒤에 앉았어요. 어머니와의 갈등을 피하기 위해 간 것뿐이었죠. 그에 비해 어머니는 절대적인 신앙심을 지녔고, 1945년에 내가 파상풍에 걸렸다가 무사히 나은 건 루르드°의 성수聖水를 마셨기 때문이라고 믿었어요. 감사의 뜻으로 결국 그 이듬해 루르드에 찾아갔고요. 어머니는 저녁 미사에, 성체강복식에, 축일 행렬에 나를 데려갔고, 무엇보다 날 사립학교°°에 들여보냈어요. 그러니까 어머니에게, 그리고 열여덟 살까지의 나에게 종교는 사회적이고 문화적인 영역에서 행해지는 일반적인 자기 고양에 해당했어요. 의미심장한 일화가 있죠. 중등학교 1학년 때 교장 수녀님이 교실에 들어와서 라틴어를 배울 학생이 있는지 물었어요. 어머니한테 묻지도 않은 상태였지만 난 곧바로 손을 들었죠. 그 수업 때문에 매달 나오는 수업료 통지서의 액수가 네 배로 늘어나게 됐고요! 라틴어는 무엇보다 미사를 집전하는 언어였고,

---

18세 무렵, 부모님이 운영하던 이브토의 카페 앞에서 어머니와 함께

어머니가 성당에서 목청껏 부르는 〈살베 레지나〉°의 언어, 그러니까 성스러운 언어였죠. 정작 나에게 가톨릭 사립학교는 사회적 분노를 발견하는, 내 부모가 운영하는 카페에 대한 수치를 알게 되는 장소가 되었지만요. 물론, 설령 그렇다 해도, 유년기를 영혼을 구원해야 한다든가 죽음 뒤에 삶이 있다든가 하는 가르침과 함께 보냈다는 사실은 그 무엇으로도 지워지지 않죠. 당신이 아직 미사 경본을 가지고 있다는 말에 무척 놀랐어요. 나도 가지고 있거든요.

라그라브　나로선 가톨릭 신앙 이야기를 안 할 수 없었어요. 신앙은 우리 형제가 받은 교육의 척추이자 가정교육의 절대적인 지침서였으니까요. 규범, 규칙, 동작, 제의를 통해서 정신적으로 구조화하기, 육체와 정신을 다시 세우기의 모태였죠. 사회학자 가브리엘 르브라Gabriel Le Bras◆의 유형론을 따르자면, 내 가족은 "독실한 신자"에 속했어요. 이상적인 유형이라고까지 말할 수 있죠. 그동안 계급 탈주자들이 자신의 궤적을 이야기할 때 종교가 등장한 적이 없었기 때문에, 난 아예 책에서 한 장章을 가톨릭 신앙에 할애하기로 했어요. 여전히 프랑스 어디에서나 종교가 힘을 발휘하던 시절이었는데, 그 누구도 종교 문제를 다루지 않은 거잖아요. 하지만 내가 무엇보다 원했던 건, 가정

◇　　성모마리아에게 바치는 가톨릭의 기도문 및 성가.

◆　　Gabriel Le Bras, *Études de sociologie religieuse*, t. II. *De la morphologie à la typologie*, Paris, Puf, 1956.

에서 이루어지는 가톨릭 신앙의 재전유réappropriation가 어떻게 엄격한 일차적 사회화의 요체가 되는지, 그렇게 해서 '이웃'에 대한 존중뿐 아니라 죄, 죄의식, 복종의 의미를 지속적으로 낳을 수 있는지 이해하는 일이었어요. 몸에 달라붙은 살갗처럼 완전히 삶의 일부가 되어버린 가톨릭 신앙은 우리 형제들이 종교를 벗어난 뒤에도, 다시 말해 "독실한 신자" 가족이 프랑스 사회의 흐름에 따라 세속화된 뒤에도 여전히 효과를 발휘했거든요. 그리고 또, 책을 쓰면서 깨달았는데, 자폐증 환자인 내 오빠에게 가톨릭 신앙은 일종의 플라세보 역할을 한 셈이에요. 주어진 병을 안고 살아가기 위한, 치료법까지는 아니라 해도 일종의 처치였던 거죠. 오빠의 자폐증은 그 병으로 인한 습관적 동작들이 아닌 다른 동작들을 통해서 가톨릭 신앙과 이어졌고, 그렇게 오빠는 불안을 달래고 두려움을 이길 수 있었던 거예요. 고통을 통한 단순한 속죄와 전혀 다르죠. 가톨릭 신앙의 알려지지 않은 측면이라고 말할 수 있어요.

에르노   나 역시 그런 걸 본 적 있어요. 굳이 이름을 붙이자면, 흔히 체념과 혼동해서 좋게 생각하지 않는 말이지만, 위안이라고 할 수 있죠. 어머니가 여섯 살 때 디프테리아로 죽은 내 언니를 두고 "작은 성녀처럼" 죽었다고 말해준 걸 난 오랫동안 원망했어요. 그리고 어머니가 "하늘로 하늘로 하늘로 마리아를 뵈러 가리!" 하고 성가를 부를 때면, 언니를 보고 싶어서 가는 거라는 생각에 더 많이 원망했죠. 하지만 어머니가 바로 그런 신앙의 힘으로 도저히 견딜 수 없는 것을 견딜 수 있었다는 사실은 인정해요. 아버지만 해도 그 일로 죽어버리고 싶어 했으니까요. 어머니에게 신앙은 삶의 힘이었어요. 당신이 조금 전에 말한 분류에 따르면, 내 어머니도 독실한 신자였어요. 물론 삶을 이루는 것들에 대한 열정으로 가득 찬 독실한 신자죠. 나 역시 종교와 관련해 지녔던 과격한 입장들에서 그런 식으로 벗어났고요. 내가 왜 이슬람 여인들이 히잡을 쓸 권리를 옹호하는지 생각해보면, 어느 정도는 내 안에, 가톨릭 신앙 속에서 자라난 여자아이의 이야기 안에 답이 들어 있는 것 같아요.

라그라브　물론이에요. 원칙적으로 히잡이 가부장제의 지배력을 나타내는 징표인 건 맞지만, 난 한 번도 히잡을 쓴 여성들에 대해 부정적인 글을 쓰거나 그들을 비난한 혹은 반대한 적 없어요. 사실 히잡을 벗는 행위는 이란 같은 신정국가에서 살고 있느냐 헌법에 의해 교회와 국가가 분리된 나라에서 살고 있느냐에 따라 다른 의미를 가지게 되잖아요. 전자의 경우 전복의 행위가 될 테고, 후자의 경우는 히잡 쓴 여자들을 차별하는 낙인을 재전유한 징표일 수 있죠. 두 경우 모두 자기 자신을 확인하는 정치적 행위이고요. 난 나에게 가톨릭 신앙이 사실상 얼마나 강한 히잡이었는지 잘 알고 있어요. 포기하기 어려웠던, 벗어나기 위해 시간이 필요했던 히잡이었죠. 그래서, 남자든 여자든 누군가 종교를 내세운다고 해서 그 자체로 그들에게 돌을 던지지는 않을 거예요. 종교가 전쟁 무기가 되거나 정치적 권력의 수단이 되지만 않는다면 말이죠.

물론 어린 시절에 받은 가톨릭 신앙의 가르침을 완전히 떨쳐 낼 수는 없어요. 바로 그 가르침들이 나의 행동 방식을 이루 었으니까요. 그중에는 나를 바닥으로 끌어내린 가르침도 있 지만, 반대로 나의 해방에 참여한 가르침도 있죠. 무엇보다 난 이웃에 대한 사랑을 비롯해서 소위 '가톨릭적'이라고 여겨 지는 가치들을 정치적 참여로 변환시켰고, 그렇게 환대라는 개념을 받아들이고 실천했어요. 예를 들어 불법 체류자나 이 민자 들에 대한 지원 같은 거요. 내가 받은 가톨릭 교육이 여 기저기서 드러나는 셈이죠.

에르노   나도 그렇게 생각해요. 사회적이고 정치적인 참여 중에는 그 근원을 보면 순전히 복음적인 것으로 주입된 가치들이 변환 되어 만들어진 게 있어요. 내 경우는 문학 속의 '구원' 개념, 이 땅에서 자신의 구원을 이루어야 한다는 생각을 문학 속에 넣었죠. 하지만, 분명히 해둘 건, 거기에 다른 생에 대한 믿음 은 없어요. 그리고 또, 난 글쓰기 안에 공유와 기부의 가치를 넣었어요. 하지만 가톨릭적 유산 안에는 다른 것도 있죠. 성 적인 죄의식, 교리문답 용어에 따르면 "나쁜 행동을 한 가지 만 혹은 다른 것과 함께"했음을 고백한 뒤로 일곱 살 때부터 날 기다리던 지옥 같은 거요. 여자아이들과 관련된 순결의 강 박관념 같은 것들도 있고……

라그라브   맞아요. 당신은 바로 그 성적인 죄의식을 행복하고 불행한 성 체험들의 서술로 전환시켰죠. 하지만 난 내 성생활에 대해서는 침묵을 택했어요. 그게 우리의 큰 차이죠. 마찬가지로, 내가 사나틸 내 가족이 머닌 의미를 가셨는지 생삭해보면, 난 책에서 가족에 그만큼의 중요성을 부여하지 않았어요. 사실 가족에 대해 더 길게 이야기할 수도 있었죠. 나에게 보낸 편지에서 그 사실을 비난한 독자들도 있었어요. "당신은 자기 자신에 대해서는 제대로 말하지 않는다"면서요. 사실 내 자식들의 아버지 쪽 가족과 내 가족 사이에 이루어진 동일 사회집단 내 결혼이 낳은 결과들, 부부의 삶과 공동체 삶의 경험, 남편과의 관계가 끝날 때의 긴장 같은 것도 분석 대상이 될 수 있었어요. 페미니스트 사회학자로서 해야만 했던 일일 수도 있고요. '사적인' 세계의 구성은 사회적 세계의 일부를 이루니까요. 그런데 앞에서도 말했지만, 난 자기검열을 시행했어요. 그냥 알려주기만 하고 더 발전시키지는 않은 거죠. 내 책의 논리는, 내 자식들이 부르디외가 말하는 의미에서의 '상속자'가 될 수 있게 해준 과정에 집중했어요. 그러니까 나의 계급 이주migration de classe에만 집중하면서 내 삶의 감정적인 면들은 가려버린 거죠. 우선 내 책에 그런 것을 집어넣는 경우 치러야 하는 대가가 개인적으로 신경 쓰였고, 충분한 자료 없이 그것을 분석하는 일이 사회학적으로 위험한 일이기도 했기 때문이죠. 그 공백을 나도 의식하고 있어요. 그러니까 부인했다기보다는, 사회학적 방법론의 규칙들을 벗어나지 못했다고 말하고 싶네요. 자서전과 비슷한 글을 결국 사회과학 안에서는 더는 할 말이 없다는 고백으로 간주하는 동료들의 예측 가능한 판단에서 벗어나지 못했기도 하고요. 당신과 나의 큰 차이 중 하나는 우리가 각기 어떤 규율에 닻을 내리고 있느냐, 그리고 어떤 관점을 취하고 있느냐에 따른 결과인 것 같아요. 한 권 한 권 써나갈 때마다 당신의 삶을 펼치며 사건들을 이야기할 수 있는 당신과 달리, 난 단 한 권의 책에 지나온 경로의 상이한 시퀀스들을 집약해야 했잖아요. 문학 쪽으로 갈림길을 냈으면 좋겠지만, 나에겐 그럴 만한 재능도 대담성도 용기도 없답니다. 그래요, 당신은 경계를 지워나가죠. "나는 나 자신의 민족학자다"라고도 말했잖아요. 하지만 나는 '나'라고 말하면서 사회학적 글쓰기가 조금 흔들리는 느낌을 받았어요. 때로는 글쓰기가 내가 쥐고 있는 사회학의 고삐를 벗어나서 혼자 나아가는 것 같기도 했고요.

난 내밀한 것을 글로 쓰면서
두려움을 느낀 적이 한 번도 없어요.

에르노   사회학은 철학 못지않게, 물론 더 그렇다고 말할 수는 없어도 최소한 그만큼은 우리 스스로에 대해, 우리 삶에 대해 질문을 제기하게 해주잖아요. 부르디외가 길을 연 지배의 사회학sociologie de domination의 경우 특히 더 그렇죠. 하지만 내밀한 것은 언제나 사회학의 틀 밖으로 삐져나올 수밖에 없어요. 그래서 다행이고요. 내가 보기에 당신 책에는 사회학을 벗어나는 통로들이 많아요. 아니, 정확히 말하자면, 사회학이 눈에 보이지 않는 틀로 존재하죠. 어린 시절, 가정환경, 오빠 클로드, 마을의 학교 등의 묘사를 보면 모든 게 구체적으로 녹

아들어 있고 문학적이에요. 읽으면서 이미지를 떠올릴 수 있죠. 예를 들어 낭신이 파리를, 혹은 노동의 세계를 처음 접할 때 이야기를 읽다 보면 흡사 당신 곁에 함께 있는 듯한 느낌이 들거든요. 왜 여자들이, 나부터도 그랬지만, 당신 책 속에서 자기 자신의 모습을 발견하게 될까요? 그건 바로 그 책을 통해 우리가 가족의 삶, 중등학교, 대학교 같은 구체적인 상황들과 이어진 감정과 감각 속에 젖어들 수 있기 때문이에요. 난 내밀한 것을 글로 쓰면서 두려움을 느낀 적이 한 번도 없어요. 글을 쓰는 동안 나 자신을 나와 분리된 존재, 다른 사람으로 느끼거든요. 그 또한 세계 안에 존재하는 한 가지 방식이라고 생각해요. 사실 사랑의 열정은 우리가 상상할 수 있는 가장 내밀한 것이지만, 난 그 이야기를 글로 쓰면서 절대적으로 매 순간을 나눌 수 있었고, 심지어 내 생각들을 사물로 간주할 수도 있었어요. 모든 것을 사물처럼 간주할 것.

라그라브   뒤르켐Durkheim의 말처럼요.

에르노   아! 맞아요. 기억나네요! 내가 문학 학사를 따고 나서 루앙에서 사회학을 배우기 시작한 얘기는 이미 했죠? 그때 내가 만나던 학생이(결국 그와 결혼하게 되죠) 보르도에서 사회학을 전공했어요. 난 순수문학 전공이고 사회학은 전혀 몰랐는데, 그가 쉼 없이 나에게 사회학 얘기를 했죠. 그때까지 내가 한 번도 들어본 적 없는 이름들을 계속 얘기하면서 말이에요. 결국 난 DES°(옛날 석사에 해당해요)와 병행해서 루앙대학교의 사회 심리학 전공에 등록했고, 세 달 동안 수업도 들었어요. 기억 나는 일은 별로 없지만요. 당시에 보르도에는 미국 사회학의 신봉자이던 부리코Bourricaud, 탤컷 파슨스Talcott Parsons 등이 있었죠. 부동Boudon은 조교였고요.

라그라브　난 소르본대학교에서 부동의 수업을 들었어요. 그가 선다형 문제를 도입했을 때 학생들이 답을 쓰길 거부했죠.

에르노　라자스펠드Lazarsfeld를 읽은 게 기억나네요.

라그라브　대단한 저작이죠!

에르노　금방 다 잊었어요. 그런데 어떻게 이 얘기를 하게 됐죠? 아! 맞아요, 뒤르켐. 개인적 사실들로부터 거리두기 얘기를 하는 중이었죠. 그 거리두기가 선천적인 건지는 잘 모르겠는데, 아무튼 난 거리두기를 현실에 이르는 가장 좋은 방법으로 택했어요. 무엇보다 문학을 현실에 연결하는 관계를 찾고 싶었기 때문이죠. 그에 대해서 비난을 받기도 했지만, 나에겐 가장 중요한 문제였거든요. 결국 이런 질문에 이르렀죠. 문학이 현실에, 사회적 세계에 무엇을 할 수 있을까? 현실에 두께(복합

◇　　교수 자격시험agrégation을 치르기 위해 학사 이후에 수학하는 과정으로, 1992년에 고등교육 과정이 개편되면서 폐지되었다.

성)를 주려면 무엇을 해야 할까? 『세월』을 쓰는 일이 오래 걸린 선, 내가 사선늘과 사람늘을 생각하고 기억하는 방식을 글쓰기 안에서, 글쓰기를 통해서 이해하려 했기 때문이에요.

나는 글쓰기와 현실의 관계가 정도의 차이는 있지만 글 쓰는 사람 모두에게 중요한 문제라고, 로즈마리, 당신에게도 그랬을 거라고 생각해요. 그리고 다른 질문이 한 가지 더 있었죠. 내가 제기한 게 아니고 비평가와 연구자 들이 나에게 물은 거예요. 당신은 사회학이나 문학을 가지고 무엇을 하려는 겁니까? 자서전 혹은 오토픽션autofiction◇인가요? 문득 그런 질문을 그만 받고 싶어서 답을 찾아냈고, 내가 하는 건 '자서전·사회학·전기auto-socio-biographie'라고 대답했죠. '민족학·사회학·전기ethno-socio-biographie'라고도 할 수 있고요.

내 책들은 일종의 사회의 호명interpellation이자 그 기능 작용이라는 점에서 단 한 번도 문학적으로 받아들여지지 않은 것 같아요. 혹은 문학적으로만 받아들여진 적이 없죠. 문학적인 이유를 내세워서 내 책들에 반감을 표하지만, 사실상 그건 문학이 아니라 정치적인 이유니까요. 『자리』부터 『수치』까지 15년 동안의 내 작품들에 대해서 〈가면과 펜〉◇◇이나 〈르누벨 옵세르바퇴르〉의 비평가들은 문학적 위상을 인정하지 않으

◇   문학비평가 세르주 두브롭스키Serge Doubrovsky가 제시한 개념으로, 자서전과 마찬가지로 저자-화자-주인공의 이름이 같다는 점에서 자전적 소설과 구별되지만, 진실을 말한다는 규약은 자서전보다 약한, 좀 더 소설화된 서술을 지칭한다.

◇◇ 라디오 방송국 '프랑스 앵테르'에서 1955년부터 1989년까지 일요일마다 방송한 문학비평 좌담 프로그램이다.

면서 민중주의와 사회주의적 리얼리즘과 연결 지었어요. 부르주아 계급 출신이고 여전히 그 계급에 속해 있는 그들이 부르주아 질서에 대한 문제 제기에 거부 반응을 보인 거죠.

라그라브   사회 세계 속으로의 개입이라는 문제에 대해서 나는 당신과 다른 방식으로 질문을 제기했어요. 어떻게 말할 것인가? 이게 내 질문이죠. 사회학은 사회들의 그물망을, 여러 가지 지배 위에 그리고 그 지배에 의해 불평등하게 직조된 망의 구조적 메커니즘을 드러낼 수 있게 해줘요. 여기서 사회 세계가 작동하는 방식을 드러낸다는 것은, 뤼크 볼탄스키Luc Boltanski가 말한 대로, 사회 세계가 그다지 잘 돌아가지는 않는다는 사실을, 더 정확히 말하자면, 강자들의 방향으로 돌아갈 뿐 반대 방향으로 돌아가는 일은 아주 드물다는 사실을 보여주게 되죠.◆ 그렇다면, 드러내 보여주는 그런 행위가 세상이 늘 같은 방향으로 돌아간다는 사실에 어떤 효과를 낼 수 있을까요? 그와 같은 불의와 지배를 알게 하는 건 그 자체로 이미 사회적 세계 안에서의 각자의 위치를, 특히 가장 심하게 지배받는, 행동할 수 있는 능력을 빼앗긴, 혹은 그러한 역할 지정에 반항하는 사람들의 위치를 밝히는 행위라고 볼 수 있어요. 그 자체로 사회 세계의 자의성과 폭력의 정당성을 부정하는 행위인 거죠. 하지만 난 우리가 책을 출간하고 연구를 이어

◆   Luc Boltanski, *Rendre la réalité inacceptable. À propos de "La production de l'idéologie dominante,"* Paris, Demopolis, 2008.

가는 일에 지나치게 중요성을 부여해서는 안 된다고 생각해요. 색으로 출산될 뿐, 대중의 손에 가닿는 건 아니니까요. 물론 공적인 게 되고, 누구든지 읽어볼 수는 있죠. 우리는 공적인 직무를 행하는 대가로 급여를 받는 거니까요. 하지만 가장 심하게 지배받는 사람들은 우리의 출간물과 연구를 거의 손에 넣지 못하잖아요. 마음대로 변조해버리는 정치적 관행들로 인해서 사회학은 이해하기 위한 학문이 아니라 면죄부를 주는 학문이라는 생각도 생겨났고요. 나는 만일 우리와 함께 활동하는 사회적 행위자들acteurs sociaux이 사회과학 서적들을 읽고 추가적인 지식 수단을 누릴 수만 있으면—꿈꿔볼 수 있는 일이잖아요—더 나아갈 수 있다고 생각해요. 보통은 책이 사회적 삶에 어떤 영향을 끼치는지에 대해서 잘 알지 못하죠. 하지만 내가 책을 출간한 뒤에 받은 편지들을 보면—당신은 나보다 천 배는 넘게 받았을 테죠—부르디외가 『자기 분석을 위한 개요』의 끝부분에서 한 말과 똑같은, 이 책이 우리가 더 분명하게 보고 조금 더 잘 살 수 있게 도와주었다는 말이 있었어요. 그런 말들로 내 연구는 정당성을 얻고, 아마도 참여로 인정받게 돼요.

난 내 입으로 참여적인 사회학자라고 말하는데, 우선 사회과학을 옹호하기 위한 참여를 실천하고 있어요. 특히 지금 러시아나 브라질 혹은 헝가리에서 일어나는 일을 보면 더욱 그런 실천이 필요하죠. 난 이제 자기 자리에서 하는 연구로는 부족하다고, 전 세계적 차원에서 사회과학의 대의를 지켜내야 한다고 생각해요. 우리의 동료들 중에 감옥에 갇힌, 학생들을 가르치는 것이 금지당한, 혹은 학과나 대학이 폐쇄되면서 해고된 이들도 있으니까요. 그리고 나는 사회학자로서 이론적인 면에서도 참여하려 했어요. 처음에는 오랫동안 관례적인 사회학을 해왔어요. 자율적으로 판단할 수 없었고 연구 대상을 고를 수도 없었죠. 부르디외가 이끈 세미나들, 그의 제안들이 나에게 새로운 길로 들어서는 계기가 되어주었어요. 사회학이, 물론 대상에 대한 기술記述의 중요성은 변하지 않지만, 단순히 기술에 그치지 않을 수 있게 해준 비판적 접근법을 익힌 거죠. 기술의 명증성과의 단절이란 미리 주어진 것들과 진부한 주제들의 해체를, 사용된 범주와 개념 들에 대한 숙고를 전제해요. 그렇게 하면 단순한 기술 과정에서는 보이지 않던 요소들과 유의미한 속성들을 끌어내서 보여줄 수 있게 되고요. 예를 들어 내 책에서 내가 다니던 초등학교의 보존 자료들에 대한 분석, 관할 지역과 중등학교의 학업 결과에 대한 분석은 역사가들이나 사회학자들이 오랜 시간에 걸쳐 수립해놓은 것을 검증해주었어요. 그러니까 능력주의는 제3공화국°이 정당성을 만들어내고 장학생을 부각하기 위해 만든 신화라는 거죠. 그렇게 나는 내가 발휘한 능력이라는 게 돈 없는 계급의 아이들을 선발해서 더 많이 공부하라고 명하

° 대혁명 이후 각기 12년, 4년 만에 무너진 제1공화국, 제2공화국과 달리, 프러시아와의 전쟁 이후 1871년에 세워진 제3공화국은 제2차 세계대전 때까지 약 70년간 이어지며 프랑스의 공화주의적 토대를 이룩했다. 그때부터 성적이 뛰어난 학생들에게 지역사회나 국가가 장학금을 지급함으로써 사회적 상승을 가능하게 하는 정책을 추진했고, 로즈마리 라그라브는 제4공화국 초기까지 이어진 그러한 정책의 혜택을 누렸다.

는 과정을 지칭하는 마법의 용어였다는 사실을 확인했어요. 결국, 당신이 말한 대로, 경험에 대한 기술을 거쳐야 하는 거죠. 내가 조금 더 잘 살 수 있었던 건 당신의 책을 읽었기 때문이기도 해요. 더 이상 혼자가 아니라고 느꼈으니까요. 함께하는 다른 사람이 있었던 거죠. 누군가, 그러니까 당신이 있었고, 그 얘기를 글로 썼잖아요.

분열된 아비투스는 내가 세계를 파악하는 방식이고,
그런 뒤에 그것을 글로 쓰는 방식이에요.

에르노　　난 사회과학이 부르디외가 말한 그 이유 때문에 삶을 바꿀 수 있다고 제일 먼저 확신한 사람이에요. 부르디외가 사망했을 때 나온 대부분의 증언들에도 그런 뜻이 담겨 있었잖아요. 우리는 많은 것을, 때로는 아주 오래된 것들을 뒤죽박죽 느끼면서 살아가고, 그러다가 그 모든 것을 설명해주는, 내가 느낀 것에 대해서 말해주는 책을 만나게 되죠. 나에게는 1971년에 발견한 『상속자들Les Héritiers』이 바로 그런 책이었어요. 내가 지나온 것이 그가 말하는 "장학생"의 경로였다는, 그때까지 내가 지녔던 수많은 태도들, 거북함, 수치심, 예를 들어 부르주아 계급에 속한 나의 시집 식구들 사이에 있을 때 겪게 되는 감정이 전부 설명된다는 자각이 갑작스럽게 분출한 순간이 있었죠. 지금 정확히 기억하진 못하지만, 그 순간 이후로는 내가 더는 개인 심리학의 용어로 말하지 않았다는, 예를 들어 스스로 "소심한" 성격이라고 말하기를 그쳤다는 것만은 알고 있어요. 그리고 오래전부터 날 떠난 적이 없었던 욕망, 그래요, 글을 쓰겠다는 욕망이 1967년 아버지가 돌아가신 이후 내 마음을 괴롭히던 '사유되지 않은 것'을 향해 달려들었어요. 결국 그다음 달에 난 헤어짐 혹은 배신이라고 느껴지던 것에 대해 쓰기 시작했죠. 하지만 당시에는 글을 쓸 시간이 부족했어요. 집에서 40킬로미터 떨어진 곳에서 교사 생활을 했고, 첫 아이가 두 살 반이었거든요. 스무 살 일기에 "나의 종족의 복수를 위해" 글을 쓰겠다고 적어놓긴 했지만, 그 소망에 담긴 함의를 완전히 파악하지는 못한 상태였죠. 그런 나에게 『상속자들』은 글을 쓰라는, 어떤 어려움이 있어도, 내밀성의 차원에서든(우리가 앞에서 말했듯이 자기를 드러내는 문제죠) 물질적인 차원에서든(하루에 두 시간은 책을 쓰는 데 바칠 것) 맞닥뜨리는 모든 어려움을 물리치고 글을 쓰라는 명령이 되었어요.

이어 부르디외의 책들이 글을 쓰겠다는 내 계획을 더욱 다져주었어요. 특히 『구별짓기』는 당시에 내가 느끼던 욕망, 내 아버지의 이야기를 통해서 내 출신 환경에 속한 사람들이 살고 먹고 생각하는 방식들을 보여주겠다는, 경멸을 품지도 않고 반대로 호의를 베풀지도 않으면서 그대로 보여주겠다는 욕망, 아니 욕망을 넘어 그 필요성에 결정적인 영향을 끼쳤죠. 물론 부르디외는 『자기 분석을 위한 개요』까지만 해도 자기 자신에 대해서 말하지 않았지만, 비개인적 기술 아래로 개인적인 감수성이 드러나잖아요. 아니면, 1970년대에 흔히 하던 말대로, "어디에 자리 잡고" 쓰는지 드러나죠. 예를 들어 그가 『구별짓기』에서 서민층의 식사 장면을 보여줄 때, 그 묘사에는 "담으고"라는 내밀한 지식이 가득 배어 있어요.' 18세기 사람들은 루소Rousseau가 "가난한 자들이 자부심을 느끼게 만들어준다"°고 말했는데, 난 부르디외에게 그런 비슷한 게 있다고 말하고 싶어요. 부르디외는 지배받는 사람들이 자기 스스로에게 자부심을 느끼는 게 아니고—그랬다면 민중주의가 되겠죠—지배를, 그리고 그 지배를 세우고 영속시키는 것에 대해 의식하게 만들려 했어요. 바로 그 욕망이 『자리』『한 여자』『수치』 같은 글들을 이끌어갔죠.

사회학이 우리에게 우리 자신을 이해하기 위한 열쇠를 가져다준다는 사실에 대해서, 난 부르디외의 "분열된 아비투스"♦♦ 개념과 관련된 개인적인 예를 제시할 수 있어요. 분열된 아비투스는 사실 청소년기 이래 내 삶 전체를 설명해주니까요. 내가 분열된 아비투스를 처음 자각한 건 글쓰기를 통해서였어요. 『빈 옷장』에서 내가 학교로 인해 "둘로 잘렸다"라고, "두 의자 가운데 걸터앉아 있었다"라고 썼잖아요. 그전에 난 내 자리가 없다는 감정을 언제나 병리학적으로 설명했고, '정신분열증'이라는 용어도 사용했죠. 그런데 느낀 것과 상황을 깨

♦ Pierre Bourdieu, *La distinction. Critique sociale du jugement*, Paris, Minuit, 1979, pp. 216~222.

◇ 루소는 『인간불평등기원론』에서 자연 상태의 인간은 모두 자유롭게 상호 공존했지만, 타인의 인정에 대한 욕구와 기술의 발달로 '소유'가 중요해지면서 지배계급이 소유와 불평등을 고착시키는 제도를 발전시켜왔다고 말한다.

♦♦ Pierre Bourdieu, *Méditations pascaliennes*, Paris, Seuil, 1997, p. 79.

닫고 기술하게 되면 모든 게 달라져요. 난 분열된 아비투스가 나의 정체성이라고까지 말하고 싶어요. 어떤 사회적 상황들에선 여전히 나타나고 있죠. 분열된 아비투스는 내가 세계를 파악하는 방식이고, 그런 뒤에 그것을 글로 쓰는 방식이에요. 그것이 이해할 수 없는 거북함으로 느껴질 때는 고통스러웠지만, 이젠 오히려 사회가 나뉘어 있고 위계화되어 있음을 기억하라는 내 안의 요청 같아요. 심지어 두 세계 사이에 있을 수 있는, 선택한 건 아니지만—다시 한번 사회학의 용어를 사용하자면—'참여 관찰'의 상황에 놓일 수 있는 기회로 느껴질 때도 있어요. 나와 달리 당신은 분열된 아비투스의 감정은 다루지 않았죠.

라그라브   당신은 단호하게 "나는 둘로 잘렸다"고 말했어요. 심지어 아주 일찍 책에 그렇게 썼죠. 그런데 난 둘로 잘렸다는 느낌을 한 번도 받은 적이 없어요. 분열된 아비투스는 모든 계급 탈주자들이 겪는 거고, 그래서 그들의 글에 늘 언급되는데, 어째서 나는 한 번도 느끼지 못했을까요? 떠오르는 이유가 몇 가지 있어요. 우선, 베르나르 라이르Bernard Lahire가 여러 저자의 글을 모은 저작의 제목을 빌려오자면, "계급의 유년기 enfance de classe"◆ 동안에 내가 얻게 된, 지극히 다양한 여러 상황들에 나 스스로를 맞추는 습관 때문일 거예요. 내 경우 아

◆ Bernard Lahire (dir.), *Enfances de classe. De l'inégalité parmi les enfants*, Paris, Seuil, 2019.

버지가 결핵에 걸려 일자리를 잃은 뒤 가족이 시골 마을로 이주하는 사회적이고 지리적인 계급 하락을 겪었지만, 가톨릭계 중고등학교에서 교육받은 아버지는 자신의 문화자본을 사용해서 원래의 계급에 복귀하려는 바람을 늘 지니고 있었어요. 그래서 그런 구별짓기를 지켜내기 위해서 자식들에게 학교 밖에서는 마을의 다른 아이들과 어울리지 못하게 했죠. 그러니까 내가 처음 겪은 분열은 '그들'과 우리 가족의 아이들 사이의 잘림이었어요. 게다가 파리에서 부유한 부르주아 가정의 아이들을 돌보는 일을 했던 어머니는 그 경험을 통해 그들의 예의범절을 익혔죠. 어머니는 이른바 '중요한' 사람들, 그러니까 파리에서 알고 지내던 사람들이 찾아오면 그들의 예의범절을 그대로 따라 했어요. 그럴 때 우리는 격식을 차리고 우리가 어떤 식사 예절을 따르는지 증명해야 했죠. 평범한 일상과 가끔 찾아오는 그런 일화적 연출 사이의 괴리가 마을 아이들과의 구별짓기에 더해지면서, 내 안에는 평범한 날인지 겉으로 보여주는 격식이 중요한 날인지에 따라 서로 다른 행동 방식들 사이를 오가는 진동이 생겼어요. 그래서 이후에 여러 다른 세계들을 지날 때도 적응하기 전혀 어렵지 않았죠. 두 해 동안 보석회사에서 일하면서 노동 세계를 처음 겪을 때도 금방 적응했어요. 사람들이 워낙 따뜻하게 대해주기도 했고요. 나의 아비투스는 어디든 잘 맞춰나간 것 같아요. 아주 유연한 아비투스인 거죠. 그런 아비투스는 내가 사회과학고등연구원에 들어간 뒤에도 도움이 됐어요. 그때 난 한시바삐 대학 세계의 규범들을 파악하고 숙지해야 한다고 생각했고,

그러면서 위험이 도사리고 있는 길을 지나가고 있다고 느꼈거든요. 다른 동료들이 어떻게 처신하는지, 어떻게 행동하고 옷을 어떻게 입는지, 어떻게 나와 전혀 다르게 차분히 말하는지 지켜보면서 폐쇄적인 집단 속에 들어가려고 노력했죠. 그런데 그토록 갈망했던 사회과학고등연구원의 세계에 들어가서 안에서 보니까 막상 생각했던 것만큼 좋지는 않았어요. 위계와 우선권과 방관적인 태도가 팽배해 보였거든요. 하지만 난 곧 그 안에서 내 자리를 만들었고, 오랫동안 사회과학고등연구원에서 일하면서 줄곧 행복했어요. 결론적으로 난 이미 어느 정도의 유연성을 획득한 상태였기 때문에, 당신과 달리, 여러 종이 교배된 상태, 일종의 혼합, 절대 둘로 잘리지 않고 둘 가운데 놓인 상태 같았어요. 왜 그렇게 생각하느냐고요? 당신은 디디에 에리봉°처럼, 그리고 또……

에르노   에두아르 루이Édouard Louis.°°

라그라브   그래요. 에두아르 루이 맞아요. 당신들은 모두 원래 자기 자리로 "돌아가기"를 했잖아요. 난 가족과 갈라선 적이 없어요.

°   사회학자, 철학자. 랭스의 노동계급 출신으로 지식인이자 동성애자로 살아가다가 아버지의 죽음 이후 자신과 가족의 계급적 과거를 탐사한 회고록 『랭스로 되돌아가다』를 썼다.

°° 프랑스 북부 피카르디 지역의 노동자 가정에서 태어났고, 스물두 살 때 자신이 겪은 노동자 계급의 빈곤과 무지, 동성애자로서의 차별을 소재로 『에디의 끝』을 발표해서 큰 화제가 되었다(원제는 '에디 벨괼과 결별하기En finir avec Eddy Bellegueule'[에디 벨괼은 에두아르 루이의 본명이다]).

완전히 떠난 적이 없으니 돌아간 적도 없는 거죠. 아버지는 병들고 오빠는 사제능을 잃었으니까 보살펴야 했고, 그래서 우리는 오빠가 죽을 때까지 가족으로 살았어요. '가족으로 산다'라는 말은 부모가 사는 집에 자주 돌아간다는 뜻이고, 결국 내 안에는 두 개의 세계가, 물론 긴장이 따라다니기는 하지만, 충돌하거나 끊어지지는 않게 연결된 상태로 공존했죠.

에르노   당신이 한 말 중에 틀린 게 있어요. 난 에리봉이나 루이와 달리 부모와 사이가 끊어진 적은 없었어요. 아버지가 돌아가신 뒤에는 어머니가 내 집에 와서 살기도 했고, 이모들과 사촌 형제들도 가끔 만났으니까요. 당신에게는 내적인 분리가 없었다는 것과 관련해서, 당신의 어린 시절 이야기를 읽으면서 놀라웠던 사실이 하나 있어요. 당신은 노르망디 말을 쓰지 않았다는 거 말이에요. 당신은 집에서 '제대로' 말했잖아요. 언어가 갖는 중요성이 특히 학교에 갈 때 얼마나 중요한지 당신이 정말로 이해할 수 있을까요? 생각해봐요. 교실에 들어가고, 노르망디 말을 쓰고, 빌어먹을 억양이 있고…… 그런데 그렇게 말하지 말라고 하는 거예요. 이해가 가요? 나는 초등학교 1학년 때 말 때문에 '지적'받았어요. 그 안에 얼마나 큰 폭력이 들어 있는지 생각해봐요. 심지어 2학년 때까지도 그랬죠. 말하는 방식뿐 아니라 소위 '천박한' 태도도 지적받았어요. 하지만 그 천박함이 이미 당신 몸에 배어 있는 거고, 당신 부모의 것이고, 그래서 당신한텐 천박하지 않고 오히려 당신의 세상이라면? 몸에 밴 것들을, 말하는 방법을 모두 바꿔야 한다는 거죠. 당신은 그런 일을 겪지 않았잖아요.

라그라브   맞아요.

에르노   그래서 난 유년기와 청소년기 얘기로는 에두아르 루이와 같아요. 여자로서는 당신과 같고요. 우린 남성 헤게모니의 대상이니까요. 눈에 보이지 않게 남성 헤게모니를 겪죠. 에리봉과 루이는 그런 헤게모니를 누렸고요. 문학 안에서도 마찬가지죠. 그들은 곧바로 인정받았잖아요. 난 10년이 걸렸는데 말이에요.

라그라브   지금 그 말은 당신의 부르디외와 같네요.

에르노   그런가요?

라그라브   부르디외도 인정받지 못한다는 느낌을 받았잖아요. 모든 계급 탈주자들에게 공통된 감정이죠.

에르노   나에겐 오히려 의아함이었어요. 왜 내가 인정받겠어? 이런 생각이었죠. 사실 난 오랫동안 열등감 속에서 살았어요. 내가 어릴 땐 열등감이라는 말 말고 다른 용어는 사용되지 않았으니까요. 그런 마음이면 스스로 다른 무엇일 수 있다는 생각을 하기 어렵죠.

라그라브   맞아요. 하지만 당신 작품에 대한 박사논문들도 있고, 당신의 책은 여러 나라에서도 번역되었어요. 『자리』는 1984년에 르노도상을 받았고요. 많은 인정을 받으면서도 늘 자신이 자격이 없다고 느끼는 것 또한 거의 모든 계급 탈주자들의 공통점인 것 같아요.

에르노   맞아요. 거의 모든 계급 탈주자들이 스스로 부당하게 누리고 있다고 느껴요. 반면 지배계급 출신의 사람들은 자기가 인정받을 자격이 있는가 아닌가에 대해 결코 질문을 제기하지 않죠. 그들은 '저절로' 정당하니까요. 최근에 루이자 유스피Louisa Yousfi의 『야만으로 남기Rester barbare』를 읽었어요.♦ 유스피는 기자로, 알제리 이민자의 딸이죠. 책은 카텝 야신Kateb Yacine의 말로 시작해요. "나는 일종의 야만을 간직해야만 한다. 나는 야만으로 남아야 한다." 대략적으로 말하자면, 완전한 통합에 반대한다는 입장이죠. 예를 들어 유스피는 래퍼 부바Booba가 동화同化에 저항하는 방식에 대해 말해요. 내 경우 '야만으로 남기'는 지금까지 문학과 미디어의 장에서 겪은 일들을 떠올리게 해요. 내가 보기에 지배계급이 제일 서두르는 일은 출신 세계의 목소리를 그대로 간직한 사람들을 동화시키는, 즉 무력화시키는 거예요. 나한테도 내 책들이 있게 해준 모든 것을, 예를 들어 내가 『자리』나 『수치』를 쓰는 데 바탕이 되었던 사회적 폭력을 잊기를 바라겠죠. 문학상이라는

♦   Louisa Yousfi, *Rester barbare*, Paris, La Fabrique, 2022.

게, 글쎄요, 어린 시절에 쓰던 노르망디 말을 써보자면, 나를 '얼러 달래는amignoter' 방식이 되지는 못하죠. 난 칵테일파티 같은 데도 잘 참석 안 하고, 끼리끼리 어울리며 문단을 좌지우지하는 모임에 힘을 보태러 가는 것도 싫어해요. 오히려 항상 경계해야 한다고 느끼죠. 그래야, 1970~1980년대에 많이 쓰던 말로 회유되지 않을 수 있거든요. 내가 오래전부터 필요성을 느껴온 정치적 참여는 나에게 바로 그 역할을 하죠. 나를 '내 자리에' 있게 해줘요.

1974년에『빈 옷장』을 쓰던 때만 해도 난 계급 탈주자라는 용어를 알지 못했어요. 10년 뒤『자리』가 나왔을 때 국립농학연구소─오늘날의 국립 농학·식량·환경 연구소INRAE의 전신이죠─의 한 연구원이 클로드 그리뇽의 강연 내용을 전해주었고, 그때 그 용어를 처음 듣고 의미도 알게 되었어요. 나에게 딱 들어맞는 말이었죠. 그때부터 그 말을 자주 사용했어요. 하지만 거의 언제나, 전쟁 중의 탈주자는 자기 자신의 뜻에 따라 배신하지만, 내 경우는 그렇지 않았다는 말을 덧붙이면서 썼죠. 사실 탈주자라는 말에는 스스로 내린 결정, 명철하게, 심지어 고집스럽게 추구한 의도라는 개념이 들어 있어요. 시대에 대해서도, 그 어떤 영향에 대해서도 여지를 남겨두지 않는, 그리고 가장 중요하게는, 사회적이고 문화적인 위계를 고려하지 않는 단어죠. 하지만 사회나 학교가 우리에게 이러저러한 방식의 말을 사용하라고, 이러저러한 책을 읽으라고 말한다면, 그로 인해서 서서히 자기 가족 환경의 취향과 태도로부터 멀어지게 된다면, 그것을 스스로 의도한 변절이

스웨덴 스톡홀름 시청에서 열린 노벨상 수상 만찬에서(2022)

라고 말할 수 있을까요? 그렇지 않죠. 그 점에서 "계급 종단
사◼◼◼◼◼◼◼"◆ 개념이 너 정확해 보이는 건 사실이네요. 물론,
아무리 그래도 난 오랫동안 배신의 느낌을 떨칠 수 없었죠.
그나마 지금은 조금 덜해졌어요. 왜 그럴까요? 글을 쓰기 때
문이죠. 난 젊을 때부터 "나의 종족의 복수를 위해 글을 쓰겠
다!"는 바람을 지녔고, 그래서 내가 쓰는 책들의 내용과 형식
이 그 목적으로부터 멀어지지 않게끔 해야 했어요. 처음 만난
세계의 경험을 글쓰기가 최대한 직접적인 방식으로 전달해야
하는 거죠. 내 책들이 다른 사람들의 의식을 만나기도 하고,
묻혀 있거나 말할 수 없는 것들이 솟아오르게 만들기도 했을
거예요. 내가 정말로 배신을 했다면, 그런 식으로, 그러니까
글을 씀으로써 속죄하는 거라고 말할 수 있겠네요……

라그라브　　『학자적임과 민중적임』의 바탕이 된 그리뇽과 파스롱의 세
미나에 난 1982년에 참여했어요.◆◆ 그 세미나는 나에겐 양날
의 검이었죠. 사실 랠리가 길게 이어지는 탁구 게임에서처
럼 그리뇽과 파스롱이 말을 주고받으며 참신한 공격을 이어
가는 모습을 보노라면, 더없이 날카로운 사유를 하고 있다

◆　　Chantal Jaquet, *Les transclasses ou La non-reproduction*, Paris, Puf, 2014.

◆◆　　Claude Grignon et Jean-Claude Passeron, *Le savant et le populaire, Misérabi-
lisme et populisme en sociologie et en littéraure*, Paris, Éditions de l'EHESS-Galli-
mard-Seuil, 1989. 또한 '문화의 사회학과 민중문화의 사회학' 세미나 기록을 참조할 것.
"Sociologie de la culture et sociologie des cultures *populaires*"(1982), dans *Enquête*,
no. 1, 1985, doi.org/10.400/enquete.2 [consulté en janvier 2023]

는 인상을 받게 되죠. 난 그 세미나에서 큰 도움을 받았어요. 그 얼마 전인 1980년에 내가 출간한『소설에 그려진 마을Le village romanesque』◆에 대해서 비판적 성찰을 할 수 있는 이상적인 틀이었으니까요. 하지만 그리뇽과 파스롱이 주고받는 대화가 지나치게 이론적으로 보이기도 했죠. 난 용기를 내서 경험적인 경우들을 검토하기 위한 발언을 했어요. 조르주 나벨Georges Navel◇과 농부 작가들의 예를 제시하면서요. 그런데 세미나를 이끌던 두 사람은 그때마다 내 생각을 동정주의 아니면 민중주의로 간주해버리더군요. 그때 난 상징 폭력과 함께 내가 정당한 자격을 갖추지 못했다는 느낌을 받았죠. 난 문학을 독학한 사람들이 적법한 상속자들의 문학으로부터 잊혀진 불편함을 표현하기 위해 글을 쓴다는 사실을 분명한 경험적 실례를 바탕으로 제시함으로써 그들의 생각에 의혹을 심고 싶었어요. 독학자들, 그러니까 농부 혹은 프롤레타리아 작가들이 고유의 적법성을, 고유의 문학적 위계 사다리를 세웠음을, 그 안에서 서로 축성해왔음을 보여주고 싶었죠. 그중엔 에밀 기요맹Émile Guillaumin◇◇처럼 유력 출판사의 인정을 받는 일도 있었고요. 물론, 그런 식의 축성祝聖은 그들이 살아가

◆　R.-M. Lagrave, Le village romanesque, Arles, Actes Sud, 1980.

◇　프랑스의 작가로, 노동자와 농촌의 현실을 직접 겪고 글을 썼다. 노동자 경험을 바탕으로 대표작『노동Travaux』(1945)을 발표했다.

◇◇　농부이자 농촌 노동운동가이며 작가였다. 스톡 출판사에서 출간된『단순한 한 사람의 삶La vie d'un simple』(1904)은 공쿠르상 후보에 올랐으며, 최종 수상작으로 선정되지는 못했지만, 농부가 쓴 소설이 문학상 결선에 오른 것 자체가 큰 사건으로 받아들여졌다.

는 지역을 넘어서지 못해요. 하지만 그들은 현지에서는 영광을 누리죠. 나는 문학 영역에서 피지배 문학에 가시성visibilité을 부여하는 일이 재평가 시도나 동정주의로 축소되어서는 안 된다고 생각해요. 어떤 글에 대해서는 문학이라는 이름까지 부정하고 배제해버리는 메커니즘이 있다는 사실을 보여주잖아요.

몇 가지 용어와 개념을 분명히 해주는, 계급 종단자에 관한 샹탈 자케Chantal Jaquet의 책 또한 나에게 중요했죠. 그녀는 계급 탈주자보다 계급 종단자 개념을 선호해요. 이동의 방향을 미리 정하지 않기 때문이죠. 계급 하락과 사회적 상승을 모두 지칭한다는 점에서 좀 더 중립적이고 열려 있는 개념이잖아요. 탈주자라는 용어가 사회적 상승의 궤적을 의미한다고 여겨지는 것과 다르죠. 그런데 난 탈주자가 덜 정교하지만, 그래서 종단자보다 더 이해하기 쉬운 것 같아요. 당신 말대로 샹탈 자케는 "배신" 혹은 "변절"에 대해 말하죠. 사실 난 단 한 번도 내 계급을 배반했다는 느낌이 든 적이 없어요. 그 계급에서 완전히 벗어나지 않았기 때문일 거예요. 여전히 내 계급에 밀착되어 있는 거죠. 사회과학고등연구원에서 농촌사회학연구소에 들어가면서, 벗어나고 싶었던 농촌 세계를 다시 찾을 수밖에 없게 되기도 했고요. 조사 과정에서, 브누아 코카르Benoît Coquard의 책 제목에서 빌리자면, "남아 있는 사람들"

을 더 잘 이해할 수 있었고,[*] 그들이 자기들이 살아가는 지역의 자원과 악조건에 어떻게 대처하는지 알 수 있었죠. 그리고 또 정치 영역에서의 참여와 신념들이 나로 하여금 배신했다는 느낌을 갖지 않을 수 있게 해주었어요. 하층 계급을 위한 투쟁에 참여하기 시작하면서, 만일 정말 내가 배신한 거라면, 그에 대한 속죄를 하고 있다는 느낌이 들었어요. 내가 떠나온 농촌에 진 빚을 갚는 느낌인 거죠. 그렇게 하려면 저기 높은 곳에 있는 부르주아 계급의 시선에 걸려들지 말아야 하고요. 결국 지금의 나는 객관적으로는 부르주아 계급에 속하면서도 그 계급의 가치와 행태를 검토하고 있어요.

내 생각에는 돈보다는
지적이고 문화적인 획득이
계급 탈주자를 만드는 것 같아요.

에르노   어느 순간에 자기 스스로를 탈주자라고 느끼게 되는지는 잘 모르겠어요. 내 생각엔 단계적으로 오는 것 같아요. 하지만 나에겐 절대적으로 분명한 중요한 순간이 있었어요. 남편과 아이와 함께 안시에 살게 되면서 부모님을 못 만난 지 2년째 되었을 때였어요. 한 번도 못 만난 건 물론이고, 목소리조차 들을 수 없었죠. 부모님 집에는 전화가 없었거든요. 그러다가

---

[*]   Benoît Coquard, *Ceux qui restent. Faire sa vie dans les campagnes en déclin*, Paris, La Découverte, 2019.

찾아갔는데, 어째서 그때 나 자신이 탈주자로 느껴졌을까요? 내 부모의 헌신이 단번에 눈앞에 나타났기 때문일 거예요. 이전에는 이미지로 떠올렸다면, 그때는 노르망디 억양, 말하는 방식, 다른 사람 말을 자르기, 감정을 표현하는 강렬한 말들, 거친 동작, 모든 게 그대로 나타난 거죠. 부모님 가까이 살 때는 지각하지 못하던 것들이었어요. 사실 부모님은 내가 어렸을 때나 젊었을 때나 그대로였죠. 똑같이 정겹고 극성맞았어요. 내가 달라진 거죠. 내 부모를 나의 새로운 환경으로부터 바라보게 되었고, 내 부모가 민중 세계에 속했음을 드러내는 것들이 내 눈에 보이기 시작한 거예요. 부엌에 같이 서 있는데, 그래요, 여닫이문으로 카페와 이어진 부엌이 너무 좁고 초라해서 마음이 아팠어요. 그 이전과 다를 바 없이 냉장고도 없고 욕실도 화장실도 따로 없었죠. 그땐, 그러니까 1960년대에까지도 그런 집들이 있기는 했지만, 점점 줄어들던 때였거든요. 말하자면 그때의 느낌은 물질적으로나 문화적으로나 '나는 저들의 세계에 속하지 않는다'는 거였어요. 물론 애정이 있었고, 아버지는 좋아 어쩔 줄 몰라 하고 어머니는 내 아들에게 달려들었죠. 하지만 아이가 자기가 왜 여기 와 있는 걸까 어리둥절하면서 놀라는 모습을 보면서 난 내 세계가 바뀌었음을 깨달았어요.

일종의 사회적 현현顯現이라 할 수 있을 그런 순간들은 쉽게 찾아오지 않죠. 아주 특별한 상황에서 가능하니까요. 영화 〈레벤느망〉에서 임신한 상태로 부모를 보러 간 안이 같이 밥을 먹으면서 우스운 라디오 방송을 듣는 장면이 나오는데, 그

때 안은 침묵을 지키잖아요. 그 장면을 보면서 내가 십대 때 옆에서 라디오 뤽상부르°에 나온 풍자만담가의 이야기를 듣곤 하던 부모님이 생각났어요. 난 그 장면이 계급 탈주자인 대학생 여자아이를 아주 잘 보여준다고 생각해요. 그 아이의 침묵은 '나는 더는 저들과 같지 않아. 난 저런 걸 들어도 웃기지 않아' 같은 거죠. 혹은 '내가 임신한 걸 알게 된다면……', '나는 내 어린 시절로부터 너무 많이 멀어졌구나……'이고요. 내 생각에는 돈보다는 지적이고 문화적인 획득이 계급 탈주자를 만드는 것 같아요.

라그라브   내 경우는 『스스로를 가두다』 이전에는 아니었는데, 그 책을 쓰면서 처음 나 자신을 '계급 탈주자'로 지칭했어요. 내가 지나온 사회적 경로를 규정해야 했는데, 사람을 지칭하는 용어와 마주한 거죠. 우리는 계급 탈주자로 태어나는 게 아니라 계급 탈주자가 되고, 내가 계급 탈주자가 된 건 사회과학고등연구원의 연구교수로 선발되었을 때였다고 생각해요. 그러니까 아주 늦어서죠. 계급 하락이 일어날 이유와 가능성이 없어진, 정말로 안도할 수 있게 된 때이죠.

에르노   어떤 것이 눈에 보이게 만들려면 이름을 붙여야 해요. 물론 그럴 경우에 성찰을 메마르게 할 위험이 있기는 하지만요. 내

◇   1933년 설립된 라디오 방송국으로, 1966년 RTL^{Radio Télévision Luxembourg}로 이름이 바뀌었다.

가 보기에 사람들이 계급 탈주자 개념에 온갖 소스를 더해서 깃발처럼 휘두르고 있는 것 같아요. 능력 있는 학생이라는 개념이 성공하면서 결국 학교 시스템을 강화함으로써 상속자들에게 이권을 부여하는 과정이 되풀이되는 거죠.

처음에, 그러니까 『자리』를 쓸 때만 해도 난 그런 상황을 표현해줄 이름을 알지 못했어요. 그래서 거리distance라는 말을 사용했죠. 내가 말하는 거리는 가정부와 고용인 사이에 놓인 거리와는 다르다는 말을 덧붙이면서 말이에요. "헤어진 사랑"에 비유하기도 했어요. 내 경우엔 정말 그랬거든요. 그보다 10년 전 『빈 옷장』을 쓰던 시기로 거슬러 올라가보면, 지금은 계급 탈주의 여정이라고 정의되는 그것을 이야기하려 할 때 내 머릿속에 떠오른 건 찢김, "둘로 잘림"의 이미지였어요. 사실 처음에는 '빈 옷장' 대신에 '찢김'을 그 소설의 제목으로 삼으려 했답니다. '빈 옷장'은 엘뤼아르Éluard의 시에서 가져온 제목이죠. "나는 빈 옷장들에 가짜 보물들을 간직했다." 내가 빈 옷장에 쌓아둔 보물들은 지식과 독서였어요. 그것들이 나로 하여금 검증하게 했고, 나를 내 출신 환경에서 잘라냈죠. 앞에서 이미 얘기한 대로, 그보다 5년 전에 난 내가 사는 세상이 바뀌었음을 마치 계시처럼 깨달았어요. 그리고 그 계시 같은 깨달음이 있고 사흘 뒤에, 끔찍한 우연이죠, 심근경색 후유증을 앓던 아버지가 내가 부모님 집에 가 있는 동안에 돌아가셨죠. 그런 뒤에, 같은 해에 새 학년이 시작될 때 나는 본

빌°의 한 고등학교에서 처음 교사 생활을 시작했어요. 비서·회계 계열의 반이 제일 신입 교사인 나에게 주어졌는데, 그곳의 학생들은 내가 이전에 중등교원 자격시험의 실기 과정을 치른 리옹의 중등학교들의 학생들과 많이 달랐죠. 그땐 아직 내가 부르디외를 읽기 전이었지만 학교 교육에 대해 자문하게 되었고, "열악한 환경" 출신의 탁월한 학생들도 만나게 되었어요. 중학 1년 과정도 맡았는데, 반에서 가장 뛰어난 학생이 노동자의 딸이었죠. 그런데 어느 날 내가 있는 자리에서 자습 감독 교사가 그 아이 어깨를 잡으며 이렇게 말하더군요. "파트리샤, 넌 네가 나중에 잘살게 될 거라는 거 알지? 네 부모님보다 더 잘살게 될 거야." 물론 의도적인 말이었겠죠. 하지만 난 소리 없는 분노와 고통으로 너무 괴로웠어요. 그리고 곧 1968년 5월의 사건들이 일어났어요. 사회 전반에 관한 문제 제기가 이어졌고, 그중에 학교에 관한 것도 있었죠. 바로 그즈음에 『상속자들』을 읽었어요. 보들로와 로제 에스타블레Roger Establet◆의 『프랑스의 자본주의적 학교L'école capitaliste en France』도 읽었고요. 그때부터, 정확히는 1972년 봄에, 나의 출신 환경과의 찢김에 관해 글을 쓰겠다는 욕망이 강박관념이 되었고, 남편과의 불화로 인해서 더욱 강해졌어요. 남편은 중산층 부르주아 가정의 남자였고, 그의 환경에 통합되어가는

◇   에르노가 살던 안시에서 40~50킬로미터 정도 떨어져 있는 코뮌이다.

◆   Christian Baudelot et Roger Establet, *L'école capitaliste en France*, Paris, Maspero, 1971.

중에도 내 안에서는 출신 환경과의 차이가 끊임없이 느꼈거든요. 그즈음에 난 MLAC에서 임신중지 자유화를 위한 싸움을 시작했고, 스물세 살 때 받은 불법 중절 시술이 출신 환경으로부터 찢겨나간 상태로 되돌아가려는 나에게 문을 열어주었어요.

탈주자 얘기가 많이 빗나갔네요. 개인적으로 겪은 상황들과 사회에서 벌어지는 운동들이 우리의 의식이 깨어나고 글 쓰는 행위로 넘어가는 과정에 얼마나 중요한 역할을 하는지 보여주고 싶어서였어요. 나에게는 근본적인 문제로 보이는 한 가지만 더 얘기해볼게요. 바로 계급 탈주자가 어떤 글쓰기를 선택하는가 하는 문제예요. 『빈 옷장』에서는 그런 질문을 제기하지 않았죠. 그냥 달려들었어요. 화자가 느끼는 것을, 마치 투사지를 위에 대고 베끼듯이 그대로 베꼈달까요. 상당히 격렬한 글쓰기죠. 그 뒤에, 아버지에 관해 글을 쓰려고 할 때 처음으로 '형식의 도덕'이라는 문제와 직면했어요. 책을 쓰기 시작하긴 했는데 전혀 나아가지 않고, 자꾸만 거짓처럼 보였거든요. 결국 그리뇽이 파스롱과의 대화를 통해 민중주의와 동정주의에 관해 분석한 것을 조금씩 더듬어나가면서 나 혼자서 실험한 셈이에요. 사실상 지배당하고 있는 삶의 양태를 칭송하지 않기란 쉬운 일이 아니었고, 이전에 나 역시 함께했던 행동과 태도에 대해서 관대한 시선이나 빈정거림에 빠지지 않는 것 또한 무척 힘들었죠. 그 좁은 길, 내가 양쪽 어디로든 떨어질 수 있다는 위험을 안고 올라서 있던 그 선을 나는 불행히도 '밋밋한 글쓰기'라고 불렀어요. 오늘날까지 그

장뤼크 멜랑숑과 물가상승 대책 및 임금인상을 요구하는 시위에 참여한 모습(2022)

말이 흔히 글쓰기의 부재를 뜻하는 말로 날 따라다니고 있죠. "예전에 내가 부모님에게 소식의 핵심만을 전하기 위해서 쓴 편지들에서 사용한 글쓰기"라고, 간단히 말하자면, 사실에 기반한 글쓰기라고 내가 분명히 밝혔는데도 말이에요. 『빈 옷장』의 끝부분을 보면 내가 부르주아 세계의 "훌륭한 사람들"로 향해 가는 책을 쓴 게 아닌가 하는 의혹에 휩싸이잖아요. 하지만 그게 글쓰기 때문이라는 생각은 미처 하지 못했어요. 『자리』 앞부분에 다진 흙으로 지은 집에 살면서 열두 살부터 소를 돌보아야 했던 소년 이야기가 나오는데, 만일 내가 책을 그 이야기로 시작했다면 내려다보는 시선으로 그 삶을 추모하는 빌미를 제공했겠죠. 밋밋한 글쓰기는 그런 시선을 거부하려는 거예요. 빌미를 주지 않기, 그게 바로 지배 세계 안에서 나의 자리를 이끌어온 원칙이었죠. 말하자면, '난 당신한테 빚진 게 없다'라는 뜻이에요. 물론, 그렇지는 않아요. 날 키워낸 문학은 바로 지배 세계에 빚지고 있으니까요. 가장 중요한 문제는, 사회적 구별짓기와 위계가 문학을 관통하고 있다는 사실을 잊지 않는 거예요. 사회학은 그렇지 않죠…….음, 아마도 안 그래요.

라그라브   고마운 말이네요.

에르노   문학에서는 계급적 교만이, 물론 경멸까지 가지는 않지만, 때

114

로 너무도 분명하게 드러나죠.° 난 국립원격교육원에서 10년 동안 중등교원 자격시험을 준비하는 학생들을 가르쳤어요. 논술과 구술 텍스트 설명이라는 제한된 틀 안에서 이루어지는 시험인데, 사실 그 두 항목으로 교사로서 가르치는 능력을 제대로 평가할 수 있는지는 의문이에요. 학생들에게 '답안'(1970년대에는 '모범답안'이라고 불렸죠)을 제공하는 과정에서 논술의 수사학을 피할 수는 없었지만, 어떤 저자의 글을 대상으로 어떤 주제를 다룰지는 내가 고를 수 있었어요. 난 관례적이지 않은 주제들을 제시하려고 애썼죠. 미완의 작품, 문학에서의 사물, 내면 일기 같은 거요. 예를 들어 "문학에도 성性이 있는가?" 이런 질문도 제기했죠. 과제를 내주면 늘 똑같이 말라르메Mallarmé, 발레리Valéry, 쿤데라Kundera 같은 작가들이 비평의 출처로 등장했고, 여성 작가들의 글은 거의 인용되지 않았어요. 난 학생들에게 덜 교조적인 관점을 열어주려고 노력했죠. 텍스트를 설명할 때는 늘 그것을 역사적이고 사회학적으로 위치시켜야 한다고 생각했으니까요. 그래서 엘리트 위주의 문학적 재현에서 벗어나려고 애썼고, 학생들이 후세에 남겨질 걸작품만 염두에 두고 수업에 참여하지 않게 하려고 애썼어요. 모든 학생이 수업에서 다루게 될 텍스트들을 살아 있는, 능동적인 것으로 다루겠다는 생각을 갖게 되길 바란 거죠. 그러려면 텍스트들과 일부 학생들 사이에 놓인 거리를

◇ 계급적 교만condescendance de classe, 계급적 경멸mépris de classe은 개인 혹은 집단 간에 계급의 차이를 바탕으로 행해지는 차별행위를 지칭한다.

가늠해보는 일이 필요했어요.

그와 동시에, 아니 정확히는 그 결과였죠. 그런 식으로 가르치는 동안에 나 자신의 글쓰기에 대해서 다시 자문하게 되었어요. 이전에 처음 교사 생활을 시작한 본빌의 고등학교에서 기술계 학급들을 맡았을 때, 이어 안시와 퐁투아즈°에서 중학생들을 가르칠 때와는 다른 방식으로 자문한 거죠. 국립원격교육원에서 가르치기 시작할 즈음에 난 당시까지만 해도 그저 문학의 한 부분으로만 간주되었던 자서전을 다뤄보기로 했어요. 그 얼마 전에 출간된 필리프 르죈Philippe Lejeune의 『자서전의 규약』◆를 읽었거든요. 그때 난 이미 『빈 옷장』과 『그들의 말 혹은 침묵』을, 물론 자서전의 '나'와는 다르지만, 일인칭으로 쓰기도 했죠. 열정적으로 해낸 그 작업을 통해서 나라는 사람과 내 이름으로 직접 연결되는 '나'로 나아가게 된 거예요.

난 정년 퇴임할 때까지 교수 생활을 계속했지만, 사실 가르치는 일은 내 자리가 아니었어요. 내 자리가 아니다, 라는 말이 무슨 뜻이냐고요? 난 스무 살 때 내가 문학을 사랑하고 글을 쓰고 싶으니까 문학 교사가 되겠다는 생각을 했어요. 나에겐 명백한 사실 같았죠. 그런데 언젠가는 웃으면서 "교직은 나에게 부수적인 일이야!"라는 말을 한 적도 있는 걸 보면, 나 자신이 꽤 교활하게 느껴지네요. 물론 교직이 나에게 전적으로

◇   파리 근교 지역으로 세르지와 함께 신도시 세르지퐁투아즈를 이룬다.

◆   Philippe Lejeune, *Le pacte autobiographique*, Paris, Seuil, 1975.

부수적이기만 하지는 않았어요. 이미 얘기한 대로 나에게 교육은, 바르트Barthes식으로 말하자면, "내가 내 언어를 위치시킨 사회적 영역"◆ 안의 여러 층위에서 역할을 수행했죠. 또한 내가 경제적으로 독립할 수 있게 해주었고, 로즈마리 당신이 그랬듯이, 이혼한 뒤에 두 아이를 데리고 혼자 살아갈 수 있게 해주었어요. 그리고 잘 되짚어보면, 나는 늘 교사라는 직업을 나에게 가장 잘 맞는 직업으로 받아들인 것 같아요. 단지 은퇴할 때까지 가르치는 일과 글 쓰는 일을 화해시키기는 쉽지 않았죠. 내 마음속을 깊이 들여다보면, 내가 '글을 써서 먹고살기'를 거부하게 된 데에는 아마도 기적이 멈출지 모른다는, 다음번 책은 거부당할지도 모른다는 두려움이 깔려 있었을 거예요. 사실 지금도 난 내가 쓰는 글이 어느 정도의 가치를 갖는지 확신이 없거든요. 독자들의 반응이 그에 대한 유일한 증거가 되죠. 그리고 나보다 앞선 세대들, 노동을 해야만 가난에 빠지지 않을 수 있었던 세대들의 기억도 고려해야 해요. 나는 바로 그런 세대 속에서 자라났으니까요. 가난해질지 모른다는 두려움이 여전히 남아 있는 거죠. 기억나는 일이 하나 있는데, 스무 살 때 대학에서 만난 부르주아 친구에게 내 상황을 털어놓았더니 그 아이가 놀라면서 대학의 예비교양과정에 붙었으니 이제 그럴 일은 없겠네, 라고 했던 적이 있어요.

문학에서 성공하느냐 못 하느냐는 자기 자신에게 달린 일이

◆ Roland Barthes, *Le degré zéro de l'écriture*, Paris, Seuil, 1953, p. 19.

아니에요. 그래서 교수라는 직업을 유지하고 계속 수행하는 건, 물론 원격 교육이니까 더 용이한 일이기도 하지만, 무엇보다 해마다 한 권씩 책을 써내야 하고 그 책이 성공하길 기대하지 않아도 된다는, 그리고 많은 작가가 그렇듯이 가르치는 것보다 더 강제적인 글 쓰는 일로 생계를 꾸리기 위해 애쓰지 않아도 된다는 뜻이에요. 교사직이 나에게 가장 중요한 부분, 어쩌면 가장 순수한 부분을 물질적인 문제들과 떼어놓을 수 있게 해준 거죠. 물론 이런 말이 문학에 대한 지극히 이상주의적 관점이라는 건 알아요. 하지만 나는 형식의 추구와 내용의 자유가 그 어떤 것보다 우선이라고 생각해요. 나에겐 그런 것들이 중요하죠. 그래서 난 "필요성을 미덕으로 삼는다"◇는 느낌을 받은 적이 단 한 번도 없어요. 그보다는, 글을 쓰겠다는 꿈을, 물론 목적이 같지는 않지만 그래도 그 꿈의 확장이라 할 수 있는 직업에 의존해서 실현했다고 생각하죠.

라그라브   당신이 사용한 "필요성을 미덕으로 삼는다"라는 표현은 부르디외가 데카르트에게서 가져와서 한 말이잖아요.◆ 내 궤적의 논리를 이끌어온 것도 바로 그 말이니까, 나에게 딱 맞는 표현인 셈이죠. 나에겐 우선 내 가족을 위한 물질적인 필요성이 있었고, 나 자신을 위한 경제적 필요성도 있었어요. 바로 그

◇   종교적 맥락에서 사용되기 시작한 프랑스어 표현으로, 하기 싫어도 꼭 해야 하는 일을 기꺼이 받아들이는 자세를 뜻한다.

◆   Pierre Bourdieu, *Le sens pratique*, Paris, Minuit, 1980, p. 90.

런 필요성 때문에 난 학생 생활을 하면서 고용 신고도 안 된 상태로 보석 공장에서 일하기도 했죠. 남편과 헤어진 뒤에는 결국 용기를 내서 논문 지도교수를 찾아갔고, 고등사범학교 출신들만 정당하게 들어갈 수 있는 기관에 '일자리'를 부탁했어요. 그렇게 '뒷문으로' 사회과학고등연구원에서 일하게 되었죠. 과제별 연구담당자가 되었을 땐, 제대로 살아가기 위해서 간호 대학에서 강의도 해야 했어요. 1970년대까지 이어진 어설픈 피임술 탓에 어쩔 수 없이 어린 두 아이를 데리고 박사논문을 써야 했던 것도 필요성 때문이죠. 하지만 그 필요성에는 나름의 지평과 의미가 있었어요. 경제적으로 자립할 것, 이거였죠. 그렇다고 내가 그런 필요성을 미덕으로 삼은 건 아니에요. 난 계급 이주 과정의 장애물들을 없애버리는 일을 포기한 적이 없었으니까요. 물론 내가 받은 가톨릭 교육이 기여했다는 것도 알고 있었어요. 이후에 사회과학고등연구원에서 오랫동안 답보 상태에 머물다가 갑자기 연구책임 교수가 되었죠. 계급 탈주자의 경로가 일직선은 아니라는 사실을 확인해주는 일이었어요.

에르노   절대 일직선이 아니죠.

라그라브   굽잇길, 예기치 못한 일, 굴곡 들이 가득하고, 어느 순간에 그때까지 쌓아간 경력의 지평이 서서히 열려요.

에르노   난 어린 시절에 성공하라는 명령도, 내 자리에 그냥 머물라

는 명령도 받은 것 같지 않아요. 하지만, 잘 생각해보면, 부모
님이 신내에 이이를 하나만 키우셨다, 나를 사립학교에 보
내겠다—사회적 상승까지는 아니어도 아무튼 자신들의 삶보
다 나은 삶의 가능성을 의식하고 실행에 옮긴 것 같아요. 그
건 학교를 통해 이루어지는 가능성이죠. 부모님이 공부하라
고 날 '밀어붙인' 기억은 없어요. 그저 내가 학교에서 좋은 성
적표를 받아오면 만족해하는 정도였죠. 하지만 나는 곧 일가
친척들 사이에서 보기 드물게 반에서 1등을 하는 조카라는
명성을 얻게 돼요. 내 어머니는 교육과정에 대해 아는 게 별
로 없었고, 그냥 '계속해야 한다'고 생각했을 뿐이에요. 그러
니까 초등과정을 마친 뒤에 '자격증' 과정°이 아니라 중등과
정에 들어가고 바칼로레아까지 계속하기, 말하자면 그게 1막
이고, 그 뒤의 2막은 루앙의 고등학교에 가서 바칼로레아를
공부하기였죠. 사실 난 거기가 끝이라고 생각했어요. 더 오래
공부한다는 건 나에겐 아예 불가능한 일 같았거든요. 그래서
바칼로레아를 치른 뒤에 합격자들을 대상으로 하는 입학시험
을 쳐서 초등사범학교 4학년에 들어갔어요.°° 아버지는 드디
어 사회에 내 자리가 생겼다고, '더 높이 올라가지' 않아도 된
다고, 더 공부하지 않아도 된다고 기뻐했죠. 아버지에게 공부

° certificat d'études. 이전의 교육과정에서 의무교육에 해당하는 기초 교육과정으로, 바칼로
레아 준비를 하는 중등과정과 달리 직업 준비를 하는 과정과 연결된다.

°° 초등교원을 양성하기 위해 1830년대에 처음 세워진 사범학교는 1945년부터는 4년제였다.
1~3학년은 고등학교 과정에 해당되어 바칼로레아 준비를 병행했고, 바칼로레아에 합격한
학생들을 대상으로 입학시험을 쳐서 4학년을 선발했다.

는 미지의 대상이었고, 심지어 두려움의 대상이었으니까요. 반대로 어머니는 크게 실망했어요. 내가 곧 초등사범학교를 그만두고 이듬해에 대학에 들어가니까 그때 정말로 안도했고요. 내가 교수 자격시험에 떨어졌을 땐 굉장히 속상해하면서, 모든 게 내가 결혼하고 아이가 있기 때문이라고 했어요. 어머니는 설욕하고 싶었던 거예요. 우선 아버지의 누나들이 그 대상이었을 테죠. 자기들은 가정부 일을 하면서 동생인 내 아버지한테 왜 '공장 다니는 여자애'와 결혼하느냐고 질책했었거든요. 그리고 또, 세상의 사회적 불의에 대해 설욕해야 했죠. 어머니는 딸을 통해서 그 불의에 맞선 거예요.

라그라브　당신과 마찬가지로 나도 부모로부터 성공해야 한다는 명령을 받은 것 같지는 않아요. 우선, 어릴 때 '성공'이라는 단어를 한 번도 들어본 적이 없어요. 부모님은 자식들의 장래 직업에 대해 구체적인 생각이 전혀 없었죠. 그저 어려운 상황에서 벗어나야 했을 뿐이에요. 그런데 노르망디의 마을로 옮겨온 뒤로 아버지는 우리 같은 '외지인'°들은 초등학교에서 좋은 성적을 내는 게 중요하다고 강조했어요. 성공 그 자체를 위해서라기보다는 다른 학생들과의 사이에서 구별짓기 징표가 필요했던 거죠. 아버지는 자식들이 성공한 게 자기 공이라

° 　원어는 외지인을 가리키는 노르망디 사투리 'horsain'이다.

고 믿었어요. 언니 둘과 내가 학사과정◇에 붙었을 때 보낸 편지에는 "우주 탄생시 날 서다"라는 말까지 나오죠. 우리의 성공은 곧 아버지의 성공이었어요. 반면 어머니의 경우는 당신 경우와 조금 비슷했어요. 어머니는 '자격증' 과정을 마쳤는데, 울면서 했던 말이 기억나요. "내 부모님이 내가 더 나아가지 못하게 했어. 언니와 똑같이 해야 한다고." 아마도 자식들의 성공이 어머니의 보람이자 설욕이었을 거예요. 내 궤적은 또 폴 파스칼리의 용어를 빌리자면 "상승의 동맹자allié·e·s d'ascension"◆의 도움을 많이 받았어요.

내 연구의 논리가 보여주고자 하는 건, 원한다고 그대로 할 수 있는 건 아니라는 사실이에요. 원할 수 있기 위해서는 여러 가지 자원이 쌓여야 하죠. 나의 계급 이주는 내가 첫발을 내딛고 그런 뒤에 한 걸음씩 나아갈 수 있도록 도와준 동맹자들에게 빚지고 있어요. 그중에는 개인도 있고 집단도 있죠. 우선 초등학교 때의 선생님들이 미약하기는 했지만 어쨌든 학교를 통한 사회적 상승 과정의 문을 열어주었어요. 이어 캉 중등학교의 선생님들이 그 자리를 이어받았고, 내가 고등교육 과정까지 계속 학업을 이어갈 수 있을까 회의에 빠졌을 때 도움을 주었죠. 그리고 나의 박사논문 지도교수인 플라시드 랑보Placide Rambaud, 지금은 사람들이 많이 기억하지 못하

◇ 프랑스의 경우 대학에서의 기초 수학 과정을 마친 사람들을 대상으로 별도 선발 과정을 통해 학사학위 과정을 선발한다.

◆ Paul Pasquali, *Passer les frontières sociales. Comment les "filières d'élite" entrouvrent leurs portes*, Paris, La Découverte, 2021[2014].

는 이름이죠. 그분이 나에게 일자리를 구해주시면서 뒷문으로 사회과학고등연구원에 들어갈 수 있게 해주었어요. 그런 뒤에 부르디외가 비판적 전망을 열어주었고, 내가 사회학을 하는 방식을 완전히 바꾸어놓았죠. 그로 인해 방법과 접근법에 대해서뿐 아니라 나 자신에 대해서도 성찰성을 끌어들이게 되었으니까요. 그리고 마르크 오제Marc Augé가 의도치 않게 결정적인 역할을 했어요. 사회과학고등연구원의 원장일 때 나에게 국제교류처 책임자 자리를 맡기면서 내 경력에 날개를 달아주었거든요. 그리고 지금까지 말한 사람들만큼 겉으로 드러나지는 않지만 나의 다른 동맹자들인 동료들이 더 있었죠. 난 그들이 주는 우정 덕분에 좀 더 자부심을 가질 수 있었어요. 당신은 모르고 있었겠지만, 나에겐 당신도 상승의 동맹자 중 하나였어요. 나도 당신처럼 벗어날 수 있다는 생각으로 당신이 쓴 책들에 힘껏 매달렸거든요.

에르노   당신의 경로 중에 집단적 영역에 속하는 것이 행한 중요한 역할들이 난 무척 인상 깊었어요. 1972년부터 1975년까지 중고등학교 교사 생활 중에, 물론 아직 적극적으로 활동하지는 못할 때였지만, 나도 페미니즘 운동에 참여하면서 그런 힘을 느껴봤죠. 하지만 작가로서의 경로에는 그런 도움을 준 사람을 꼽기 어려워요. 차라리 내가 읽은 작가들, 특히 여성 작가들이 나의 동맹자들인 셈이죠. 말하자면 비물질적인 집단이에요. 지금도 내 주위에 독자들, 그리고 내 텍스트에 대해 혹은 관련해서 연구하는 연구자들이 하나의 집단을 이루고 있는

데, 그 집단은 독자와 만나는 자리에서, 혹은 그들이 보내준 편지에서 느낄 수 있고 몰 수 있다는 점에서는 현실적이지만, 평소에는 비현실적이죠.

라그라브 나의 경로에서 공동체나 연구 집단은 정말로 중요한 자리를 차지했어요. 우선 제쥐프Gésup◆의 지원이 내가 일과 학업을 병행하느라 한 번도 수업에 참석하지 못하더라도 교수의 강의를 똑같이 따라갈 수 있게 해주었어요. 페미니즘의 경우는 행동할 수 있는 내 능력을 다시 확인해주고 나서서 말할 수 있도록 가르쳐준 세계였고요. 여성들의 역사에 관한 세미나가 중요한 역할을 했다는 건 이미 앞에서 이야기했고, 미셸 페로와 조르주 뒤비Georges Duby가 이끌던 『서양 여성사Histoire des femmes en Occident』 저술 팀도 꼽아야 해요. 또 일시적이었지만 교수진 사이의 남성/여성 평등에 관한 연구팀도 있었죠. 그리고 사회과학고등연구원에 '젠더, 정치, 섹슈얼리티' 석사과정을 개설하기 위해서 오랫동안 흔들림 없이 같이 애쓴 팀도 있어요. 이런 노력들을 통해서 사회과학고등연구원 내에 젠더 연구를 제도적으로 정착시킬 수 있었죠. 내가 주도적으로 이끈 그 팀들이 학교 안에서 학교를 위해 행한 부차적인 기여

◆ 파리 대학교 사회학 전공 학생 모임Gésup, Le Groupe des étudiants en sociologie de l'université de Paris은 반파시스트 대학 전선FUA, Front universitaire antifasciste, 그리고 프랑스 대학생 연합 UNEF, Union nationale des étudiants de France과 연계되어 있었고, 1960년부터 1970년까지 일시적으로 존재했다. 사회학 전공 학생들로 구성된 'Gésup'는 '학생 문제'를, 특히 일과 학업을 병행하는 학생들의 문제를 위해 싸웠다. 학생들이 교수의 강의를 직접 들으면서 기록하면 그것을 교수들이 다시 검토한 뒤 복사하여 배포했다.

를 인정받아서 연구책임 교수로 선발될 때 도움을 받기도 했고요. 사회과학고등연구원에서는 학문 영역들을 잇는 가교를 세우기 위해서 팀으로 이루어지는 그런 공동 연구를 장려하고 있어요. 나 역시 박사과정 학생들에게 그대로 권장하고 있고요. 박사논문 지도는 꽤 힘든 일이죠. 내가 느끼기론, 논문 지도를 시작하는 그 순간이 바로 학생들을 가르치는 일에 있어서 진정한 전기라고 할 수 있어요. 사실 젠더 연구의 경우는 박사논문을 지도해줄 교수가 드물었기 때문에 내가 맡아야 하는 학생 수가 많기도 했어요. 난 학생들에게 팀으로의 공동 연구를 권했고, 나는 학생들의 요청이 있을 때만 참여했죠. 학생들이 버틀러를 읽고 토론을 했고, 일종의 미니 논문 발표회 같은 걸 열어서 서로 리뷰 보고서를 돌려보면서, 지도교수인 내 판단과 별도로 자신들이 겪은 어려움에 대해 이야기했어요. 그 그룹이 페미니즘, 젠더, 섹슈얼리티 분야 젊은 연구자들의 모임EFiGiES과 고등교육기관에서의 성추행에 맞선 투쟁을 위한 공동체CLASHES의 기원이 되었죠*. 그런 모임들은 학생들뿐 아니라 나에게도 많은 자극을 주었어요. 1900년대와 2000년대에는 내가 버틀러의 책이나 퀴어 연구에 대해 잘 알지 못하니 학생들에게 도움을 주기 어려웠죠. 그래서 영미

◆ 2002년에 박사과정 학생들의 공동 연구 형태로 설립된 CLASHESCollectif anti-sexiste de lutte contre le harcèlement sexuel dans l'enseignement supérieur는 2003년에 고등교육기관 안에서 벌어지는 모든 도덕적이고 성적인 괴롭힘에 맞서 투쟁하는 단체가 되었다. 2003년에 결성된 EFiGiESAssociation des jeunes chercheur-euse-s en études féministes, genre et sexualités는 박사논문을 쓰는 학생들이 고립되지 않게 하고 페미니즘 연구를 장려하는 활동을 했다.

계통의 저작들을 살펴볼 수밖에 없었어요. 어떤 점에서는, 가르침을 얻었죠. 내 책 『스스로를 가누다』는 내가 계속해서 징검다리들을 건널 수 있도록 도와준 동맹자들, 집단들에 진 빚을 갚는 한 가지 방식이었어요. 일종의 되갚기이고, 무엇보다 계급 이주자의 경로는 집단이 만들어낸 결과임을 증명해주죠. 학교에서 기적이 일어났다거나 숨겨진 천재적 능력이 있었다거나 하는 게 아니라, 기회들이 한곳으로 수렴하면서 쌓여갈 때 손을 뻗어서 그 기회들을 잡을 줄 알아야 하고, 초석礎石이 되어줄 집단의 일원이 될 수 있어야 하죠. 내가 지나온 길은 물론 부르디외의 경로만큼 폭이 크지는 않지만, 내 능력에 맞고 나한테 딱 어울린다고 생각해요. 그 점에서 성공은 어디에서 경로를 바라보는가 하는 자리의 함수인 것 같아요. 출신 계급에 속하는 사람들의 관점으로 보느냐 도달한 계급 사람들의 관점으로 보느냐에 따라 성공은 상대적인 거죠. 내 초등학교 친구들만 봐도, 학업에서의 성공이 삶에서의 성공과 동의어가 아니었어요. 그들에게는 마을에 남아서 '자기 집을 일구는' 게 성공의 기준이었죠. 사회과학고등연구원에서 통용되는 탁월성의 규범과 끼리끼리 진행되는 폐쇄적 규범을 통해서 보자면, 내 성공은 아주 상대적이에요. 내가 정당한 자격이 없는 것을 누리고 있다는 느낌을 떨치지 못하는 이유이기도 하고요. 사실 내 성공은 나의 궤적이 이어지는 동안에 쌓인 객관적 특성들 덕분이고, 내가 지나온 여러 세계들에 그것들을 맞추어서 얻어낸 것이죠.

나의 궤적은 계급 탈주자들이 지닌 유일한 자본인 노동의 궤적이라고 할 수 있어요. 베를린장벽이 무너진 뒤 중앙 유럽 국가들의 사회과학이 처한 상황을 확인하러 갔을 때,◆ 그곳의 사회과학 연구자들 중에는 여전히 소비에트식 용어를 사용하면서 자신들을 "정신노동자"로 칭하는 사람들이 있었어요. 1970년대에 MLF에서 하던 말대로 "자기 양말을 직접 빠는" 여자들은 논외로 하고 육체노동과 정신노동의 구별이라는 위계적 이분법을 되풀이하는 용어잖아요. 그렇지만 '노동자'라는 말을 통해서 정신노동이든 육체노동이든 어차피 하나의 도가니 속에 들어가 있음을 드러내기도 하죠. 넌 지금 광부들처럼 흙을 퍼내면서 앞으로 나타나게 될 무언가를 보기 위한 통로를 내고 있어. 너의 가설들과 착각들이 불러낸 덕에 그것이 나타나게 되지. 이렇게요. 정신노동자든 육체노동자든 똑같이 그런 힘, 용기, 끈기를 지니고 있어요. 단지 정신노동자들이 쓰는 도구는 육체노동의 도구만큼 무겁지 않다는 차이가 있을 뿐이죠. 육체노동은 몸 전체를 써야 해낼 수 있지만, 우리가 겪는 피로는 무엇보다 머리에서 올 때가 많잖아요. 사회학자라는 직업이 내 안에서 진정한 열정이 될 때 난 내가 그런 직업이 얼마나 큰 특권인지 가늠해보게 돼요. 사실 노동이 열정이 될 때면 난 곧 경계하곤 하죠. 노동가치의 정치적 사용이 그 가치를 누리지 못하는 혹은 그 가치에 묶여버린 사람들에게 그만큼 큰 상흔을 남기게 되니까요. 그럼에도 불구

◆ R.-M. Lagrave, *Voyage aux pays d'une utopie déchue. Plaidoyer pour l'Europe centrale*, Paris, Puf, 1998.

하고 나는 노동을 통해, 그리고 노동 속에서 나 스스로를 만들었어요. 내 궤적이 즘면제주돗이 밀이네요.

내가 주변에서 지켜보았고
지금도 여전히 보이는 노동에 비해
글쓰기는 사치라는 생각을 사실 난 오래전부터 해왔어요.

에르노 난 내가 정신노동자라고 생각하지 않아요. 글을 쓰느라 긴 시간을 보내기는 하지만, 그리고 글쓰기 '노동'이라는 말을 자주 쓰기는 하지만, 그래도 난 여전히 글쓰기가 사치라고 생각해요. 내가 주변에서 지켜보았고 지금도 여전히 보이는 노동에 비해 글쓰기는 사치라는 생각을 사실 난 오래전부터 해왔어요. 장을 보러 마트에 가서 계산대에서 일하는 여자들의 반복적인 동작을, 그 여자들이 들어 올리는 생수병 묶음을 보면서, 난 나도 모르게 이런 생각을 하게 돼요. 만일 내가 저 일을 해야 한다면? 그러면 난 스무 살에도 저 일을 해내지 못했을 거라는 생각이 들죠. 심지어 쉰 살까지 그 일을 하는 여자들도 있는데 말이에요. 1960년대에 장피에르 샤브롤Jean-Pierre Chabrol이라는 작가가 있었는데, 그 사람이 스스로 육체노동자와 똑같다고 확신하는 걸 보면서 충격을 받았던 기억이 나요. 고단하고 때로는 위험한 일부 육체노동을 어떻게 따뜻한 곳에서 책상에 앉아 하는 글쓰기와 비교할 수 있겠어요? 나는 내 사촌 자매들처럼 공장이나 재봉 작업실에서 일하지 않아도 된다는 것만으로 너무나 특권을 누리고 있다고 생각해요.

그때, 그러니까 스무 살경에, 난 노동에 따라 보상이 다르다는 걸 알고 있었어요. 주어진 문제들도 다르고요. 물론 그렇다고 몸이 아무 상관 없는 건 아니죠. 보다시피 나는 곧 여든 두 살이 되고, 이미 정형외과 수술을 몇 차례 받았고 걷는 데도 어려움이 있어요. 하지만 내 가족의 다른 여자들과 달리, 내 어머니와 달리, 육체적 마멸과 영양 부족의 징표가 몸에 남아 있지는 않죠. 나에겐 처음 글을 쓰기 시작할 때부터 몸이 아주 중요한 문제였어요.

라그라브   얘기를 듣다 보니 당신의 다음번 책은 노년을 과감하게 다루겠다는 생각이 드네요. 사실 나도 요즘 노년에 대해 계속 생각하게 돼요. 우리가 직접 겪은 경험들에 관심을 쏟는다는 징표이기도 하죠. 그래도 우리의 다른 점도 알겠어요. 당신은 늘 당신의 몸에서 출발해서 글을 썼죠. 몸의 글쓰기. 반면에 난 늘 몸을 멀리 두려 했어요. 곰곰 생각해보면, 난 몸을 내가 일하는 데 장애물이 되지 않도록 통제해온 것 같아요. 몸을 노동력으로서 관리한 거죠. 일흔여덟 살이 되기까지 문제가 생겨서 일을 못 한 적은 없었으니까, 몸이 잘 버텨준 셈이에요. 물론 나이 들면서 절대 착각할 수 없는 신호를 보내기도 하죠. 얼굴이 서서히 변하고, 배가 점점 나오고, 눈의 광채가 떨어지고…… 프레베르 Prévert◇ 식으로 계속 나열할 수 있겠네요. 그런 것에 순응한다는 게 쉬운 일은 아니지만, 당신이

◇   20세기 프랑스의 시인으로, 단순한 시어를 사용하여 현실을 바탕으로 하는 시를 썼다.

강조한 것처럼, 내 몸은 힘겨운 육체노동으로 고생한 적 없고 제법 많은 은퇴 연금을 받고 또 예방 치료의 기회를 누릴 수도 있죠. 사실 힘겨운 투쟁으로 얻은 사회적 권리인데 요즘 들어 예방적 치료의 기회가 줄어들고 있잖아요. 아무튼 그렇게 나이 들어온 여자의 몸이에요. 어떻게 보면 우리는 나이가 들어야 자기 몸과 다시 친해질 수 있는 것 같아요. 나만 해도 이전에는 피로가 길동무처럼 늘 따라다녀도 그걸 경고로 받아들이지 않았거든요. 몸이 한 군데씩 탈이 날 때 내 안에 일종의 분노 같은 것이 솟아나지만, 그 분노를 곧 모두가 겪는 운명에 대한 순응으로 바꿔버리곤 하죠. 그 운명이 어떤 건지 이해하려고 애쓰게 되고요. 노년에 대해 생각할 때면 난 고독에 관한 바르바라Barbara의 노래 〈살아가는 고통Le mal de vivre〉이 떠올라요. "그건 예고 없이 찾아와. 멀리서 온다네. 이리저리 돌아다니다가 추한 모습으로 나타나지. 어느 날 잠에서 깨어 보면……" 여기서 "멀리서 온다네"라는 말이 가슴에 와닿아요. 페미니스트적인 관점에서 노년을 새롭게 정의하게 해주는 것 같고요. 내가 보기에 늙는다는 건 더는 자유로울 수 없다는, 독립적이고 자율적일 수 없다는 뜻이에요.◆ 그러니까 죽음 이전을 생각해야만 해요. 살아오면서 마주한 장애물과 노력을, 다시 말해 자유와 자율성에 맞선 장애물들과 반대로 힘을 준 노력들을 확인해야 하는 거죠. 숨을 거두면서 자유와

◆ R.-M. Lagrave, "Ré-enchanter la vieillesse," *Mouvements*, vol. 3, no. 59, 2009, pp. 113~122.

자율성을 얻게 되지는 않으니까요. 자유와 자율성을 얻기 위한 싸움이 우리 삶의 일부가 되어야 한달까요. 물론 그 일이 사회계급 그리고 젠더와 관계없이 동등하게 이루어지지는 않는다는 사실을 모르진 않죠. 하지만, 나이 듦에 맞서는 강력한 해독제인 건 분명해요. 물론 한 가지 조건이 있어요. 바로 경합, 경쟁, 사회적 관계의 폭력, 남을 밀치고라도 앞으로 나아가야 하는 의무 같은 지배 가치에 맞설 것. 취약성, 불안정, 연대, 타인과 자신에 대한 배려를 다시 끌어안을 것. 아마도 우리는 젊을 때도 늙음을 받아들이며 살아야 하는 것 같아요. 그래야 노동의 리듬을 늦출 수 있고, 삽입 행위와 분리된 성생활을 옹호할 수 있겠죠. 무엇이 자율성에 족쇄를 채우는지 말할 수 있고, 타인에게 당신이 필요하다고 고백할 수 있는 용기를 가질 수 있고요. 이런 식의 접근은 자율성의 여지를 조절할 수 있는 가능성을 빼앗긴 채 맞바람을 맞는 위기 상황에 놓인 사람들을 살필 수 있게 해주죠. 은퇴 제도와 사회보장이 무너지는 소식이 주기적으로 들려오는데, 사실 그런 일이 일어나면 가장 열악한 조건의 사람들에게 더 큰 피해가 닥치게 되잖아요. 노년에 대한 정치적 가르침 중 하나는 지배적인 사회규범에 의문을 제기할 수 있는 능력이라고 말할 수 있죠. 시몬 드 보부아르가 이미 말한 것처럼 말이에요. "체계 전체가 걸려 있을 때는 요구가 전면적일 수밖에 없다. 삶을 바꿀 것."◆ 그렇다 해도 노년은 죽음을 낳는 시기이고, 그건 어

◆   Simone de Beauvoir, *La vieillesse*, Paris, Gallimard, 1970, p. 737.

쩔 수 없는 일이죠. 난 죽음이 두렵지는 않지만, 쇠락하게 되리라는, 자율성을 잃어버리게 되리라는 생각을 하면 미칠 듯이 불안해져요. 그러고는 반발하게 되죠. 페미니스트적인 논리로는, 아니 그냥 인간적인 논리로도 마찬가지에요. 난 내가 죽는 순간을 스스로 결정하고 싶어요. 우리는 자발적 임신 중단IVG을 위해 싸웠고, 이제는 사발석 노화 중단IVV을 위해 싸워야 하는 거죠.[◆] '343인 선언',[◇] 임신중지를 경험한 343명의 여자들이 참여했고 카뷔[◇◇]가 〈샤를리 엡도Charlie Hebdo〉 1면에서 '나쁜 년 343명의 선언'이라고 불렀던 그 선언처럼,[◆◆] '존엄하게 죽고 싶은 나쁜 년 343인의 선언'을 발표하는 것도 나쁘지 않을 것 같아요. 살릴지 말지 결정하고 품위 있게 죽을지 말지 결정하는 것은 쇠퇴의 징후를 나타내기 시작한 몸에 대해서 스스로 책임지는 시민으로서의 자유를 요구하는 일이잖아요. 그러고 보니, 내가 평소의 통제력을 잃었네요. 마치 우리가 대화하는 동안에 당신이 나에게 내밀한 것에 대한

◆   Pierre Desproges, "Apprenons à pratiquer l'interruption volontaire de vieillesse," *La Minute nécessaire de monsieur Cyclopède*, FR3, 29 mars 1983, www.ina.fr/ina-eclaire-actu/video/cpc83050627/apprenons-aparatiquer-l-interruption-volontaire-de-vieillesse [consulté en janvier 2023]

◇   시몬 드 보부아르가 선언문을 쓰고 마르그리트 뒤라스, 카트린 드뇌브 같은 작가, 예술인 등 343명의 여성이 참여한 임신중지 합법화를 위한 선언문이다. 풍자만화와 르포 등을 싣는 프랑스의 주간지 〈샤를리 엡도〉에서 "누가 임신중지라고 343명의 나쁜 년들을 임신시켰는가"라는 제목의 풍자만화를 실은 뒤로 '나쁜 년 343인의 선언문'이라는 별칭이 붙었다.

◇◇   만화가 장 모리스 쥘 카뷔Jean Maurice Jules Cabut의 예명이다. 2015년 마호메트에 대한 만평에 분노한 이슬람 원리주의자들이 〈샤를리 엡도〉 편집실을 공격했을 때 사망했다.

◆◆   1971년 4월 5일 자 〈르누벨옵세르바퇴르〉에 실린 선언문이다.

취향을 주입하고, 나를 덮고 있는 사회학의 껍질을 깨뜨려버린 것 같아요. 이미 당신의 책들을 읽을 때 마음의 동요를 겪었는데, 지금은 확신을 얻었답니다. 내 감정을 파악해야 한다고, 내 기억을 파헤쳐서 어떤 경우에든 용기를 내서 써야 한다고 말이에요. 당신은 나에게 그런 확신을 소리 없이 불어넣었어요. 가르치려 든 게 아니라 오로지 우리 사이에 오간 우호적인 대화라는 기적을 통해 이루어진 일이죠. 아마도 노년은, 이미 다른 시간들을 많이 보아온 덕에, 교조적이지 않은 이런 토론을 받아들이기 쉽기 때문일 거예요. 문학과 사회학 사이의 경계를 떨쳐버리기도 좋고요.

에르노   3년 전에 내가 서른다섯 살 때 써놓은 일기를 다시 보았어요. "늙음과 죽음, 그 모든 것을 생각하지 말 것. 생각하면 절망하게 된다." 그 나이 때의 나는 늙어버린 내 모습을, 당시 예순아홉 살이었던 내 어머니처럼 된 내 모습을 상상하지 않으려 한 거죠. 내 앞에 한없는 시간이, 끝도 없이 펼쳐진 시간이 있다고 믿었고, 심지어 폐경에 대해서도 별 관심이 없었어요. 그리고 10년 뒤에 삶을 바꾸고 혼자가 되면서 자유로워졌죠. 그때도 내 앞에는 끝이 정해지지 않은 긴 시간이 놓여 있었어요. 강의와 글쓰기와 쾌락으로 채워야 하는 시간 말이에요. 그때 난 예순 살이 된 내 모습을 떠올릴 수 없었고, 학생인 두 아들이 독립적인 어른이 된 모습을, 심지어 아버지가 된 모습을 상상할 수 없었죠. 당연히 2000년의 프랑스와 세상이 어떨지도 상상할 수 없었고요. 알츠하이머를 앓던 내 어머니가 이

아니 에르노의 초상 (2019)

듬해 돌아가셨는데, 그렇게 죽음 앞에 혼자 남아서도 사실 두 려웠다기보다는 그냥 사실을 확인하는 느낌이었어요. 오히려 어머니가 자기 힘을 나에게 물려주었고 그래서 내 미래가 더 커진 것 같았답니다. 폐경기도 대체 호르몬 요법으로 씩씩하 게 이겨냈어요. 어쩌면 씩씩하다기보다는 위험했다고 해야겠 네요. 잘 모르겠어요. 알고 싶지 않은 걸 수도 있고요. 그사이 허리 관절들이 망가져서 인공 보철물을 넣었어요. 하지만 내 애정 생활은 스무 살 때보다 훨씬 풍요로웠죠. 지금 생각해보 면, 내 삶에서 가장 강렬했던, 가장 충만감을 느꼈던 시기는 마흔다섯 살에서 예순 살 사이 같아요. 로즈마리, 난 당신과 달리 늙기를 준비할 수 있다고 생각하지 않아요. 은퇴를 준비 하고 해오던 일을 일찍 중단할 수는 있지만, 10년 뒤, 20년 혹 은 30년 뒤의 우리 몸과 마음을 미리 겪을 수는 없으니까요. 문제없이 살아갈 수 있으리라 예상한다 해도, 노년을 위해서 집 안을 개조해도, 물론 안 한 것보다 낫겠지만, 별 소용이 없 죠. 어차피 노년은 갑자기 닥치니까요. 그냥 현재를 충만하게 살아야 해요.

난 예순두 살 때 꽤 많이 진전된 유방암을 발견했어요. 인터 넷을 찾아보면서 나을 가망이 별로 없다는 걸 깨달았죠. 한순 간 다른 세계로 옮겨 가버린 거예요. 그때 RER˚를 타고 다니 면서 나보다 나이가 많은 여자들이 눈에 띄면 이런 생각이 떠 올랐어요. "난 절대 저렇게 늙지 못하겠구나." 어딜 가든, 곧

˚ 파리 지역의 수도권 고속전철.

죽을 내가 산 사람들 사이에 끼어 있다는 느낌이 들었죠. 그 시기에 나 늙을 수 있다는 건 기회라고, 앞으로 설대 그 사실을 잊지 말아야 한다고 확신했어요. 어떻게 보면 난 3~4년 전부터 나의 늙음을, 특히 늙음이 가져오는 예측할 수 없는 것들을 관찰하고 있어요. 육체적 힘을 잃고, 피로에 젖고, 밤에 깊이 잠들지 못하는(수면제 없이는 그래요) 증상들이죠. 무엇보다 시간 감각과 관련해서, 자연과 관련해서, 세계에 속한 존재로서의 내가 달라진 게 느껴져요. 『고독한 산책자의 몽상』이 내가 가장 좋아하는 루소의 책이 되기도 했죠. 뭐라고 말해야 할까요, 난 노년이 향유의 시기가 되면 좋겠어요. 다시 말해서, 나도 당신처럼 고통과 쇠락밖에 남지 않았을 때 그만 끝내겠다고 선택할 수 있는 자유를 갖고 싶어요. 이제 우리는 그 자유를 얻기 위해 싸워야겠네요.

대화를 이어가기

책에 달린 제목들은 경계해야 한다. 이 책의 '대화' 또한 정말로 두 사람이 말을 주고받는 대화이다. 아니 에르노와 로즈마리 라그라브는 격의 없는 토론을 통해서 기억과 경험, 읽은 책들, 다른 이들과 함께한 투쟁 등 공통의 영역을 그려나간다. 그 과정에서 자기 자신에 대해, 그리고 사회 세계에 대해 거리를 취하고, 바로 그 거리 덕분에 진정한 대화가 가능해진다. 게다가, 두 사람이 같은 세대이고 삶의 이력에도 유사점이 많다는 사실 또한 꾸밈없는 암묵적 공조를 위한 유리한 여건이 되었을 것이다. 엄격함과 호의의 그러한 혼합은 우리가 쉽게 보게 되는 지적인 삶과 거리가 멀다. 에르노와 라그라브의 대화가 보여주는 것은 흔히 텍스트 해설과 수상 실적으로 요약되거나 더 심하게는 마케팅 전략의 문구로 요약되어 지극히 처량하고 하찮아지곤 하는 지적인 삶이 아니다. 이런 조건에서 **진정으로 서로에게 말하고 서로의 말에 귀 기울일 수 있다는 것**은 저항의 역할을 행한다. 그러려면 사유가 사회적 그룹 사이에, 그리고 젠더의 경계를 넘어서 자유롭게 순환하는 것을 가로막는 장애물들과 결별해야 한다. 이 책 속의 두 페미니스트 계급 탈주자가 잘 알고 있는 사실이다. 그들이 이 책에서 펼치는 거울 놀이는 수많은 익명의 독자들에게 거울들 안에 굴절되어 비친 자신의 경험을 볼 수 있게 해준다. 에르노와 라그라브는 우리에게 스스로를 해방시키는 사기 분석 작업을 해보라고—우리가 어디서 왔든 상관없다—, 세상의 질서에 맞서 위반까지는 아니라 해도 최소한 의문을 제기해보라고, 집단적 해방의 가설을 진지하게 고려해보라고 권한다. 한마디로, 대화를 이어가라고 촉구한다.

아니 에르노와 로즈마리 라그라브가 주고받는 풍요로운 대화는 사회과학, 특히 사회학 분야에서 현재 이루어지고 있는 중요한 논쟁들에 직접적으로 기여한다. 우선 조사의 대상 혹은 차원으로서의 감정과 내밀성의 문제가 있고, 교차적 접근이 이론적이고 정치적인 논쟁 너머로 열어주는 경험적 현장의 문제, 노년과 노화에 대해 그것을 금기로 삼거나 순전히 생물학적으로 바라보는 대신 사회학적으로 사유하고 페미니스트적 관점으로 바라보는 문제가 있다. 그리고 계급 관계들과 피지배 문화들에 관한 최대한 정확한 기술記述이 갖는 의미, 문학적인 혹은 학술적인 자기 분석을 통한 발견에 담긴 잠재성, 사회적 계급 이동의 경험에 더 깊은 주의를 기울여야 할 필요성 등의 문제가 더해진다. 이 모든 문제들에 대해 에르노와 라그라브는 우리가 탐색해볼 만한 더없이 고무적인 사유와 탐구의 흔적을 제공한다.

자전적 조사와 내밀성의 경계

아니 에르노와 로즈마리 라그라브는 이 대화 이전에 이미 세 차례 만났다. 그중 처음은 2001년 파리에서 열린 문학과 사회계급의 관계를 주제로 한 심포지엄 자리에서였다. 물론 그들은 이미 1980년대부터 서로의 글을 읽어왔다. 1970년 초반에 피에르 부르디외와 장클로드 파스롱의『상속자들』(1964)을 읽고 깊은 감동을 받은 뒤 오랫동안 사회학에 관심을 기울이게 되는 에르노는―심지어 루앙대학교에서 문학 학사 학위를 받은 뒤에 사회학 공부도 시작했다―20년 후 정기 구독 중이던 〈사회과학 연구논집〉에서 로즈마리 라그라브의 첫 논문들을 읽었다. 사회학자로 소설을 좋아하는 로즈마리 라그라브의 경력은 1950~1960년대 작가들의 글에 나타난 농촌 마을 묘사를 분석한 박사논문으로 1979년에 시작되었고, 그 논문은 1980년에『소설에 그려진 마을』로 출간되었다. 에르노가 1974년에『빈 옷장』, 1981년에『얼어붙은 여자』를 발표했을 때 라그라브는 자신의 삶과 페미니즘에 울림을 주는 그 두 권의 책을 곧바로 탐독했다. 결국 에르노와 라그라브는 멀리 떨어진 상태로 이미 마주친 셈이고, 그런 뒤에 실제로 만나기도 했다. 그리고 이번에, 마침내 진정한 대화의 기회가 마련된 것이다.

두 사람의 대화에 배어 있는 성찰성은 갑자기 솟아난 게 아니다. 그것은 나이와 젠더, 지리적 출신, 사회적 경로, 정치적 참여 등에서의 공통의 경험에서 나온다. 물론 에르노와 라그라브 사이에는 사소한―하지만 중요한―전기적 차이들이 있고, 그 차이들이 그들의 사유에 추가적인 두께와 유동성을 부여하는 게 사실이다. 하지만 두 사람의 문제 제기의 틀에는 공통적으로 그들이 오래전부터 지속적으로 지녀온 자기 분석에 대한 관심이 들어 있다. 작가 에르노가 왜 사회학자 라그라브가『스스로를 가누다』에 붙인 부제('한 페미니스트 계급 탈주자의 자전적 조사')◆에

◆　Rose-Marie Lagrave, *Se ressaisir. Enquête autobiographique d'une transfuge de classe féministe*, Paris, La Découverte, 2021.

서 자기 자신을 알아보고 그 말이 자신이 문학 속에서 하고자 했던 것을 정의한다고 말했는지는 이해하기 어렵지 않다. 에르노도 라그라브도 나르시스적인 자기 성찰이나 자기중심적 독백과 전혀 다르게, 자기 자신으로부터 출발해서 타인의 삶을 쓰고 또 타인의 삶에서 출발해서 자기 자신의 삶을 쓴다. 그 과정에서 위인들의 회고록에서처럼 전능한 나를 연출하지 않고, 대학 교수들이 쓴 많은 자서전이 쉽게 빠졌던 전기적 환상도 피해간다.◆ 에르노와 라그라브는 자신들이 지나온 개인적 경로에서 무엇보다 우연적 만남과 집단이 중요한 역할을 했음을 강조한다. 그리고 상속되는 유산, 불균형, 계급 관계의 폭력, 남성 지배, 사회적 시간과 집단적 기억 등의 문제에 관해 심도 있게 고찰한다. 우리는 이 대화에서 15년 전부터 문학에 중요한 의미를 부여하기 시작한 역사학자와 사회학자 들의 사유에—모리스 알박스Maurice Halbwachs◇의 관점으로 『세월』을 다시 읽은 크리스티앙 보들로◆◆가 그 선구자이다—길을 넓혀줄 수 있는 유효한 관점들을 많이 찾아볼 수 있다.

아니 에르노의 모든 작품은 이러한 주제들을 서로 다른 여러 가지 방식으로 탐색한다. 그 바탕은 자신이 어릴 때와 성인이 되었을 때 겪은 계급 탈주자로서의 경험이다. 에르노의 책들은 지난 40여 년 동안 사회

◆ Pierre Bourdieu, "L'illusion biographique," *Actes de la recherche en sciences sociales*, vol. 62~63, 1986, pp. 69~72.

◇ 뒤르켐 학파의 사회학자로, '집단 기억' 개념을 제시했다.

◆◆ Christian Baudelot, "Compte rendu. Fictions – Annie Ernaux, *Les Années*," *Annales, Histoire, sciences sociales*, vol. 65, no. 2, 2010, pp. 527~561. 이 길고 생산적인 보고서 외에도 에티엔 아나임과 앙투안 릴티Antoine Lilti가 이끈 〈아날Annales〉 65호 전체를 참고할 것. '문학의 지식Savoirs de la littérature'으로 제명된 65호에는 사회과학과 허구 작품들에 대한 다른 흥미로운 글들도 수록되어 있다.

과학 영역의 탐구들과 공명하면서 몇 세대에 걸친 사회학자들에게서 큰 호응을 얻었다.♦ 그러한 열광은 경험적 재료들이 에르노의 글에서 중요한 역할을 행한 데서 비롯되지만, 간결하고 충격적인 문체만으로도 충분히 이해할 수 있는 현상이다. 『자리』 이후 에르노는 허구와 미학적 추구를 피하면서 "가치판단을 조심스럽게 덜어낸, (…) 현실과 가장 가까운, 감정을 벗겨낸"♦♦ 글쓰기를 선택했다. 그러한 글쓰기는 사회학적인 조사와 논증에 가깝고, 그래서 사회학을 가르치고 연구하는 이들에게 말할 수 있다. 사실에 기반한 그러한 글쓰기는, 제대로 이해되지 못할 때가 많기는 하지만, 문학 고유의 야심에 부응한다. 그것은 현실을 단순히 기록하는 데 그치지 않으며, 민족지학적인 방법을 거칠게 치환해놓은 것도 아니다. 에르노의 글과 피에르 부르디외의 저작 사이에는 차용이나 영향을 넘어서는 친족적 유사성이, 아마도 구조적 상동성이 있다. 물론 두 사람은 만난 적이 없고, 편지를 주고받는 사이도 아니었다. 하지만 에르노는 부르디외가 세상을 떠난 이튿날 〈르몽드〉에 감동적인 추도

♦　　C. Baudelot, "Annie Ernaux, sociologue de son temps," dans Francine Best, Bruno Blanckeman et Francine Dugast-Portes (dir.), Annie Ernaux. Le temps et la mémoire, Paris, Stock, 2014, pp. 246~264 ; Gérard Mauger, "Annie Ernaux, 'ethnologue organique' de la migration de classe," dans Fabrice Thumerel (dir.), Annie Ernaux, une oeuvre de l'entre-deux, Arras, Artois Presses Université, 2004, pp. 177~204 ; Smaïn Laacher, "Annie Ernaux ou l'inaccessible quiétude. Suivi d'en entretien avec l'écrivain," Politix, no. 14, 1991, pp. 73~78 ; Isabelle Charpentier, "Quelque part entre la littérature, la sociologie et l'histoire…," COnTEXTES, no. 1, 2006, journals. openedition.org/contextes/74 [consulté en janvier 2003]

♦♦　　Annie Ernaux, Le vrai lieu. Entretiens avec Michelle Porte, Paris, Gallimard, 2014, p. 70.

의 글을 썼다.[*]

아니 에르노가 책 속에서 사용하는 근기 지료들은 사회학적 소사의 수준에 이르지는 못해도 무척 다양하고 풍요롭다. 예를 들어 『세월』과 『여자아이 기억』에 흩어져 있고 『밖의 삶』과 『바깥 일기』에 일기의 형태로 들어가 있는 재료들을 보라. 사진(가족사진, 증명사진, 급우들과 찍은 사진, 친근한 장소들의 사진 등), 개인적인 서신(부모님과 어린 시절의 친구들에게 보낸 것을 포함하여 편지들과 엽서들), 내면 일기(에르노는 열여섯 살 때부터 일기를 썼다)와 글쓰기 일기(일부가 『검은 아틀리에』로 출간되었다), 학교와 관련된 기록물(서류, 숙제, 생활 통지표), 당시의 참고 자료들(잡지, 광고, 팸플릿, 포스터 등)이 있고, 1990년대 이후로는 슈퍼마켓, 지하철이나 RER에서 직접 관찰한 장면들, 라디오나 텔레비전에서 들은 말, 거리의 벽에 그려진 그라피티 등이 더해진다. 그녀는 모든 것을 재료로 삼아서 인류학자들이 클리퍼드 기어츠Clifford Geertz를 따라 '조밀한 기술descriptions denses'[**]이라고 부르는 것을 시도한다. 『수치』에서 스스로 말했듯이 "(자기 자신의) 민족학자"가 되어, 이론과 무관하고 목차와 각주와 참고 문헌이 없는, 학술적 형식과 어조를 갖추지 않은 자전적 조사의 한 형태를 시도한 것이다.

---

[*] *Ead.*, "Bourdieu : le chagrin," *Le Monde*, 5 février 2002. (이후 다른 짧은 글들과 함께 『카사노바 호텔』로 출간되었다. Annie Ernaux. *Hotel Casanova et autres textes brefs*, Gallimard, 2020.—옮긴이)

[**] Clifford Geertz, "La description dense. Vers une théorie interprétative de la culture"(1973), trad. par André Mary, *Enquête. Anthropologie, histoire, sociologie*, no. 6, pp. 73~105. (영어 원어는 "thick description"이고, 흔히 '중층 기술'로 번역된다. 표면적인 사건이나 행위를 묘사하는 데 그치지 않고 철학적 숙고를 바탕으로 한 문화 해석으로 나아가야 함을 뜻한다.—옮긴이)

따라서 라그라브가 많은 1세대 지식인들이 전거로 삼은 리처드 호가트와 피에르 부르디외 못지않게, 혹은 그보다 더 에르노의 길을 따르기로 선택한 것은 조금도 놀라운 일이 아니다. 물론 호가트나 부르디외에게서 중요한 영감을 받은 것은 사실이지만, 라그라브는 그들이 자신들의 경로에서 남성이라는 여건이 어떤 효과를 만들어냈는지에 대해서는 관심을 두지 않았다고 강조한다. 실제로 라그라브가 『스스로를 가누다』에서 수행한 폭넓은 경험적 작업은 그 두 사람의 영향을 벗어나 있다. 사회학자들의 경우 자기 자신을 연구 대상으로 삼는 일이 드물고 조사 이야기 속에서 자기 자신에 대해 말하기조차 꺼리는 경향이 강하지만, 『스스로를 가누다』는 다르다. 라그라브는 개인적 추억을 어느 정도 통제하면서 환기하는 것으로 그치지 않는다. 에르노가 과거의 자기에 대해 말하기 위해 삼인칭 단수형을 사용한 것과 반대로, 라그라브는 사회학의 영역을 떠나지 않으면서 극도의 자제력을 발휘하며 '나'라고 말한다. 그렇게 그 어떤 사회학적이고 인류학적인 혹은 역사적인 연구보다 엄격한 자전적 조사를 시행하기 위해 라그라브는 상당한 분량의 자료를 직접 모았다. 심화 인터뷰(자신의 여자 형제 일곱과 남자 형제 하나, 자기 자녀들, 옛 초등학교 교사들의 자녀), '가족 서류'(수첩, 비망록, 금전출납부), 학교와 기관들의 보존 자료, 사진 앨범, 사적인 서신(자기가 쓴 편지와 가까운 사람들의 편지), 경력 관련 서류, 학문적 경력을 채운 사건들과 출판 계획의 흔적 같은 것들이다.

라그라브는 그러한 자전적 재료에서 출발해서 자기 분석 영역의 독창적인 유형을 수립한다. 학술적인, 하지만 대학의 표준화된 규범과는

분명하게 떨어져 있는, 이베트 델소◆의 저작과 가까운 글쓰기의 유형이
다. 연구 지도 자격habilitation 신청서나 학술서들의 겉텍스트에서 볼 수
있는 자기 역사ego-histoire◇와 달리 라그라브는 지나온 여정의 주요 순간
들을 서술하는 데서 그치지 않고, 사회화 과정의 단계들 전체에 관해 자
료를 제시하고 분명하게 분석해낸다. 그래서 『스스로를 가꾸다』에는 가
톨릭 신앙과 권위주의적인 아버지가 지배한 어린 시절의 교육, 소르본
대학교에서의 공부, 아이들이 태어난 일, 남편과 헤어진 뒤 구해야 했던
보잘것없는 일자리들, 전투적 페미니즘 운동에의 참여, 연구자들의 세
계에 "뒷문으로" 발을 들여놓기(농촌사회학 연구소의 계약직, 이어 사회과학
고등연구원의 과제별 연구담당자), 마침내 책임교수가 되어서 그동안의 연
구들을 이어가고 저술을 출간하고 몇 세대에 걸친 사회학 연구자들을
가르칠 수 있게 되기까지 다 들어 있다. 그 과정에서 라그라브는 모든
조사 대상 그룹에 대해 똑같이 객관적으로 작업하면서, 젠더와 계급의
결합이 어떤 결과를 낳는가, 형제 중 몇째인가, 부모가 아이에게 자신의
어떤 갈망을 넘겨주었는가 혹은 삶의 과정에서 결정적으로 길이 갈라질
때 어떤 만남이 있었는가 등이 어떤 파급 효과를 가져왔는지 검토한다.
　　물론 '조사'라고 불릴 만한 것과 진짜 조사는 다르다. 독자도 다르
고 목적도 다른 작가 에르노의 작업과 사회학자 라그라브의 작업을 동

◆　　Yvette Delsaut, *Carnets de socioanalyse. Écrire les pratiques ordinaires*, éd. par An-
　　drea Daher, Paris, Raison d'agir, 2020.

◇　　대학교수의 학문적 자질과 연구 지도 능력을 인정하는 자격을 신청할 때 연구 실적과 함께
　　제출하는, 학술 활동을 포함한 이력을 요약 기술한 글을 가리키는 말이다. 원래는 프랑스의
　　역사가 피에르 노라Pierre Nora가 『자기 역사 시론Essais d'ego-histoire』(1987)에서 처음 제시한
　　개념으로, 역사가가 다른 사람들의 역사-이야기와 마찬가지로 자기 자신의 역사-이야기
　　를 거리두기에 기반한 성찰적 방식으로 분석하는 글쓰기를 가리킨다.

일하게 취급할 수는 없다. 라그라브가 자신의 신중한 태도를 "모든 것이 정치적이다"라는 페미니스트 슬로건과 대립하는 자기검열로 해석하면서 자신은 내밀한 삶을 객관화하는 작업에 있어서 아니 에르노만큼 나아가지 못했다고 말하는 이유이기도 하다. 하지만 그것은 성찰성을 까다롭게 정의한 결과로 볼 수 있다. 사회학에서 자전적 관점이 의미를 갖기 위해서는 충분히 견고한 경험적 기초들에 근거해야 하고, 그를 통해 일반적 의미를 갖는 질문들을 표명할 수 있어야 하기 때문이다. 설령 지어낸 허구가 아니라 해도 문학적 창작에서의 '나'에게는 자리와 자유가 주어지고, 학계는 바로 그것을 의혹의 시선으로 바라본다. 물론 방법론적 규칙들이 제약이 된다는 뜻은 아니다. 증명의 기술은 창안의 기술을 배제하지 않으며, 문학적 글쓰기는 무상의 유희가 아니다. 에르노가 자신이 "부르디외를 따라 하지 않는다"◆고 선언하면서도 사회학자들에게 진 빚을 인정하는 것도 그 때문이다. 에르노는 "진정한 글쓰기는 앎을 목표로 한다"고 말하지만, 그때의 앎은 사회과학, 철학, 정신분석에서 말하는 앎이 아니라 "감정, 주관성, (…) 자기 내면의 가장 깊은 목소리와 (…) 언어의 일치를 거치는 다른 앎"◆◆이라고 강조한다.

살아가기, 그리고 계급 이주를 기술하기

그러한 "일치"를 발견하는 방식은 여러 가지가 있고, 내밀성을 정의

◆　　　　　　　Annie Frnaux, *Le vrai lieu, op. cit.*, p. 77.

◆◆　　　　　　*Ibid.*, p. 76.

하는 방식 또한 수없이 많다. 내밀성이란 무엇인가. 사적인 삶? 한 개인의 과거 혹은 가족의 비밀? 거서? 부부관계 혹은 시새함? 세신새인 시회화 경험(『스스로를 가두다』에 편재하는 가톨릭 도덕)이나 전기적인 사건(『사건』에 이야기된 임신중지)? 혹은, 폭을 더 넓혀서, 친지가 아닌 사람들에게는 드러내기 힘든 가족사? 투쟁의 쟁점인 내밀성은 그 경계가 일정하지 않고 불분명하다. 로즈마리 라그라브가 강조하듯이, 아니 에르노의 이야기들은 이러한 유연성을 이용한다. 바로 그 유연성을 바탕으로 주관주의의 함정에 빠지지 않으면서 계급 이주의 모든 감정적 차원을 탐색하는 것이다. 다시 말해 단어, 억양, 이미지, 목소리, 어법, 침묵 등으로 나타나는 언어를, 그리고 얼굴과 자세, 실루엣과 동작, 옷을 입고 음식을 먹는 습관으로 구현되는 육체를 탐색한다. 그리고 장소들, 가깝거나 멀고 일상적이거나 예외적인 장소, 기억의 장소 혹은 타락의 장소도 있다. 또한 소중하게 보관해두는, 우연히 발견되거나 물려받아 다시 전해줘야 하는 개인적 물건들이 있다. 학교와 관련된(중등학교 입학, 선발고사, 시험들) 혹은 가족과 관련된(결혼, 이혼, 장례) 전기적 사건들도 더해야 한다. 그리고 또 욕망과 상처, 질병과 죽음, 모욕, 물리적이거나 상징적인 공격이 갑자기 솟아오르는 감각적인 기억들도 있다. 예를 들어 이브토의 교실에서 어린 에르노가 풍긴 락스 희석수 냄새를 못 견딘 한 친구의 태도는 상대가 자기도 모르게 스스로를 "락스 희석수로 빨래하는 여자들의 세대"◆와 연결 짓게 만든 계급적 경멸이었다.

　　사적인 삶과 공적인 삶 사이의 회색 지대에서 특별한 위치를 차지하는 물건들도 있다. 바로 책들이다. 에르노와 라그라브가 대화의 시작

◆　　*Ead., Retour à Yvetot*, Paris, Éditions du Mauconduit, 2013, p. 22.

부분에서 직접 말했듯이, 두 사람의 삶에서 핵심적인 위치를 차지하는 책은, 무엇보다 직접 겪은 경험과 사회 세계를 지속적으로 오가는 경험으로서 중요성을 갖는다. 사실 책 읽기는 에르노와 라그라브를 포함하여 지적이라 일컬어지는 직업을 가진 모든 사람에게 필수적이면서 일상적인, 핵심적이면서 '자연스러운' 일이지만, 장학생들과 독학자를 비롯하여 문화자본 측면에서의 새로운 부유층들의 사회적 궤적에서는 결정적이라고 말할 수 있다. 그들에게 책 읽기는 다른 계급문화를 향한 매개 역할을 하고, 학업 성공을 위한 필요 불가결한 조건을 이룬다. 에르노는 작가와 문학 교사로서의 삶의 중심에 놓이게 될 언어를 익히는 과정에서 결정적인 역할을 한 몇 권의 책을 기억하고 있다. 아홉 살에 읽은『바람과 함께 사라지다』, 열여덟 살에 읽은『제2의 성』이 그것이다. 그 후에는 버지니아 울프, 마르셀 프루스트, 조르주 페렉의 작품을 탐독하면서 ◆ 자전적 상상력의 경계를 넓혀갔다. 소설을 즐겨 읽던 에르노의 어머니는 딸의 첫 독서를 위한 책들을 사주고 대출해주기도 했다. 하지만 계급 이주를 가능하게 해주는 안내인들은 가족 밖에 자리 잡을 때가 많았다(교사, 친구, 친척, 학업 혹은 사회운동을 함께한 동료, 배우자 등). 라그라브는『스스로를 가누다』에서 물론 "117개월 동안, 다시 말해 거의 10년 동안

◆　　프루스트와의 관계에 관해서는 에르노의 작품을 다룬『카이에 드레른Cahier de L'Herne』에 수록된 아니 에르노의 미출간 일기 발췌와 마이아 라보가 쓴 글을 참조할 것(*Ead.*, "Autour du Proust, 1983~1988. Inédit," dans *Annie Ernaux*, éd. par Pierre-Louis Fort, Paris, Éditions de L'Herme, 2022, pp. 62~67 ; Maya Lavault, "Envers et contre Proust," *ibid*, pp. 58~61). 버지니아 울프와 앙드레 브르통, 조르주 페렉의 책들에 관해서는 다음을 참조할 것. A. Ernaux, "L'art d'écrire : Woolf, Breton, Perec ou les années de formation"(개인 사이트에 소개된 미출간 텍스트 : annie-ernaux-org/fr/textes/lart-decrire/ [consulté en janvier 2003]).

임신 상태였던" 어머니의 희생에 대해, 건강하지 못했지만 제대로 교육을 받은 아버지가 계급 하락을 겪은 가난한 가족의 자식 열한 명을 이끌면서 체면을 잃지 않은 전략에 대해서 이야기하지만, 자신의 첫 "상승의 동맹자"◆였던 네 명의 초등학교 교사의 경로에 대해서도 상세히 기술한다. 그리고 자기 자신의 삶에 대해 쓰게 되기 전까지(그전까지 일기도 한 번 쓴 적이 없었다) 지침으로 삼은 중요한 책들과 관련해서는 마르그리트 뒤라스부터—에르노와 마찬가지로 버지니아 울프를 거쳐서—도리스 레싱까지, 그 독서가 행한 놀라운 해방적 효과를 강조한다.

아니 에르노와 로즈마리 라그라브는 자신들의 환경이 바뀌면서 취향과 습관이 달라지는 것을 보았고, 부르주아 사회에 속하게 된 뒤에는 그 안에서 여자로서 끈질긴 편견에 마주해야 했다. 또한 그들은 버지니아 울프가 『등대로』에서 만들어낸 여성 혐오자—"여자들은 그림을 그릴 수 없고 글을 쓸 수 없다"◆◆라는 말을 입에 달고 사는 현학적 대학교수이다—찰스 탠슬리의 예언을 부인해야 했다. 여기서 주어지는 또 다른 질문은, 사회적 이동을 왜 그리고 어떻게, 어떤 언어로 기술할 것인가 하는 것이다. 사실 이것은 모든 작가가 품게 되는 질문이지만, 특히 글쓰기가 곧 번역이 되는, 따라서 배반이 되는 작가들에게는 그 어떤 선택도 하기 어렵게 만드는 힘겨운 딜레마가 될 수 있다. 어정쩡한 자리에 불안정하게 놓여 있다는 감정을 억압하지 않은 채로 가족의 이야기를 하고자 한 아니 에르노는 장 주네Jean Genet의 문장을 『자리』의 제사題詞로 달

◆   Rose-Marie Lagrave, *Se ressaisir, op. cit.*, pp. 120~148.

◆◆   Virginia Woolf, *Vers le Phare,* dans *Oeuvres romanesques,* t. I, éd. sous la dir. de Jacques Aubert, Paris, Gallimard, 2012, p. 143.

왔다. "용기 내서 설명해보겠다. 글쓰기, 그것은 배반을 저지른 사람이 쓸 수 있는 최후의 방법이다." 침묵으로 가득 찬 세계를 한시라도 빨리 증언하겠다는 욕구, 아무것도 돌려주지 못한 채로 떠나왔다는 죄의식, 부채감, 부인될지 모른다는 강박적 두려움…… 사회적 경계선들을 건너는 사람에게는 그 모든 것이 뒤섞여 어두운 소용돌이를 이루게 된다. 그리고 글을 쓰겠다는 욕망이 억누를 수 없는 상태가 되면, 학교와 "위대한 문학"이 보유한 "아름다운 언어" 속에서는 찾아볼 수 없는 장면들, 장소들, 감정들을 그려낼 수 있는 정확한 언어를 찾아내야 한다. 이 딜레마에 대해 아니 에르노는 서정도 조롱도 거부하는 해결책을 찾아낸다. 윤리와 미학이 구별되지 않는 그 선택은 바로 자신이 부모와 같은 세계에 속하던 시기에 그들에게 편지를 쓸 때 사용한 문체를 되살리는 것이었다.

번역될 수 없는, 근사치에 머물거나 오역을 동반하지 않으면서 한 언어에서 다른 언어로 옮기기 어려운, 의도적으로든 어쩔 수 없기 때문이든 아무튼 있는 그대로 두기를 원하게 되는 용어들이 그렇듯이, 본원적originel인 언어는—원래의originale 언어보다 적합한 표현이다—객관적으로는 모든 면에서 대립되는 사회적 세계들을 화해시킬 수 있다. 그러한 역할은 여러 경우에, 그러니까 문학에서뿐 아니라 일련의 일상적 상호작용 전체에서 행해질 수 있다. 에르노가 시도하는 내기의 의미는 『자리』를 같은 시기에 출간된 다른 자전적 작품들과 보면 더욱 분명하게 드러난다. 예를 들어 피에르 미숑Pierre Michon의 『사소한 삶』◆을 보면, 『자리』는 상당히 정밀한, 심지어 섬세하게 멋 부린 문체로 조

◆　　　Pierre Michon, *Vies minuscules*, Paris, Gallimard, 1984.

상들의 세계를 재창조한 『사소한 삶』의 대척점에 놓인다고 말할 수 있다 하지만 에르노에게 있어서 근원으로의 회기기, 지배가 마법처럼 사라진 잃어버린 낙원을 복원하는 순진한 과정은 아니다. 에르노는 이렇게 말한다. "때로 '사투리의 독특한 아름다움'과 서민들이 사용하는 프랑스어를 좋아하는 사람들도 있다. 예를 들어 프루스트는 프랑수아즈가 쓰는 부정확한 표현과 옛날 말들을 찾아내면서 황홀감을 느꼈다. 그런데 프루스트에게 오로지 미학적 측면만이 중요했던 것은 프랑수아즈가 그의 하녀이지 어머니가 아니었기 때문이다. 그리고 그 또한 그런 어법의 말들이 저절로 입술에 떠오르는 것을 단 한 번도 느껴본 적 없기 때문이다."◆

'토착적'인 관점과 어휘들을 복원하기 위해 항상 애써야 하는 사회과학 또한 이와 유사한 문제 제기들에 대해 답을 제시해야 한다. 사회과학은 오래전부터 민중문화를 기술하는 과정에서 동정주의와 민중주의라는 암초를 의식해왔다.◆◆ 사회적 경계선을 넘는 경험을 최대한 충실하게, 자기 계급 중심주의ethnocentrisme de classe에 빠지지 않고 재구성하는 일에도 똑같은 조건이 요구되는 것이다.◆◆◆ 결국 관련된 사람들의 출신 세계와 새로 들어선 세계 모두에 대한 조사가 필요하다. 또한 그 과정을 지칭하는 표현들―예를 들어 '상승 동인mobiles ascendants', '상향 계급

◆   A. Ernaux, *La Place*, Paris, Gallimard, 1983, p. 62.

◆◆   Claude Grignon et Jean-Claude Passeron, *Le savant et le populaire. Misérabilisme et populisme en sociologie et en littéraure*, Paris, Éditions de l'EHESS-Gallimard-Seuil, 1989.

◆◆◆   Paul Pasquali, *Passer les frontières sociales. Comment les "filières d'élite" entrouvrent leurs portes*, Paris, La Découvertes, 2021 [2014].

이탈자déclassés par le haut', '계급 종단자transclasses', '사회적 이동자déplacés sociaux' 혹은 '계급 이주자migrants de classe'—을 둘러싼 논쟁들도 피하기 어렵다. 물론 그런 논쟁들은 분명한 답을 주지 못한다. 에르노와 라그라브의 대화가 말해주듯, 이상적인 해결책은 존재하지 않는다. 단어의 선택이 동일한 쟁점과 관련되지 않을 수 있고, 어떤 용어를 사용하느냐에 따라 드러나는(혹은 감춰지는) 현상 혹은 감정이 매번 동일하지도 않다. 우리가 사회학자들로부터 기대하는 성찰성은 문학의 전문가와 애호가들에게도 그대로 요구된다. 스탕달Stendhal부터 발레스Vallès까지, 발자크Balzac부터 바레스Barrès까지, 런던London부터 니장Nizan까지, 많은 고전적인—그리고 흔히 자전적인—소설가들이 계급 탈주자의 삶을 이야기했고, 그 과정에서 계급 탈주자의 고통에 의미를 부여하고 동정하는 경향을 보이고 때로는 병리학적으로 설명하려 했다. 그들이 만들어내서 여기저기 전파한 틀에 박힌 유형들이 학술적인 글이나 언론의 글에 자주 등장할 정도로 '사실적'이라 해도, 그것은 사회적 공간을 지나는 일을 분열증 상태나 뿌리 뽑힌 상태가 아닌 다른 방식으로 겪을 수 있다는 사실을 잊게 만든다는 점에서 제대로 된 분석이 아니다.◆

물론 아니 에르노의 글과 사회과학이 공통적으로 마주한, 정확하게 기술해야 한다는 이러한 절대명령이 환경의 변화로 인한 혹은 두 사회 사이에서 겪는 지속적인 경험으로 인한 시련들, 고통과 폭력의 존재

◆   Paul Pasquali et Olivier Schwartz, "La culture du pauvre : un classique revisité. Hoggart, les classes populaires et la mobilité sociale," *Politix*, no. 114, 2016, pp. 21~45, Paul Pasquali, "Déplacements ou déracinement? Du 'boursier' hoggartien aux migrants de classe contemporains" dans Chantal Jaquet et Gérard Bras (dir.), *La fabrique des transclasses*, Paris, Puf, 2018, pp. 89~116.

혹은 중요성을 부인하는 것은 아니다. 중요한 것은 바로 그러한 흔적들 속에서, 그리고 그것들이 고통스러운 기억과 겉으로 보기에는 사소해 보이는 일화들에 남기는 자국들 속에서 끌어낸 것으로부터 지배에 관한, 혹은 기성 질서에 맞선 저항의 일반적인 메커니즘을 파악하는 일이다. 여기서 십대의 아니 에르노가 늘 함께한 아름답고 진실된 프루스트의 문장을 불러와보자. 그것은 『되찾은 시간』 끝에서 자기 분석이라는 이름에 걸맞는 분석의 쟁점들을 요약하는 문장이다. "슬픔은 모호한, 우리가 미워하고 맞서 싸우면서 점점 더 그 지배 아래 놓이게 되는 하인이고, 다른 것으로 대체될 수 없는, 땅 밑의 은밀한 길들로 우리를 데려가서 진실과 죽음에 이르게 하는 잔혹한 하인이다."◆ 무엇보다 기억을 저장소나 샘으로 간주해서는 안 된다. 그 안에 날것의 사실들이 천재적 영감 혹은 외적 자극이라는 셔터가 눌리길 기다리고 있다가 솟아올라서 체험된 장면을 되살리는 것은 아니다. 통합된 사회적 과거는 필터와 비슷하고, 의식적이면서 동시에 무의식적인 몽타주 작업과 같다. 그 의미는, 매번 조립이 끝난 뒤에도 다시 맞춰야 하는 조각들이 끊임없이 나타나는 끝나지 않는 부조리한 퍼즐에서처럼, 그 어느 순간에도 완전히 고정되지 않는다.

사회과학, 집단적 해방의 무기

어쨌든 해볼 만한 가치가 있는 일이다. 보상은 중요하지 않다. 그러

◆   A. Ernaux, "Photojournal," *Écrire la vie*, Paris, Gallimard, 2011, p. 8.

한 퍼즐 맞추기가 의미를 가지게 하는 일에 사회과학이 기여한다는 사실이 중요하다. 아니 에르노는 로즈마리 라그라브에게 이렇게 말한다. "난 사회과학이 삶을 바꿀 수 있다고 제일 먼저 확신한 사람이에요." 고정관념에는 그 안에 스스로를 자명한 것이 되게 하는 힘이 들어 있고, 그래서 제대로 알지 못하는 혹은 특별한 의도를 갖지 않은 사람들의 눈에는 사회과학이 '주체'로서의 우리의 의지를 무시하는 결정론처럼 보일 수 있다. 에르노는 이어 이렇게 말한다. "사회학은 철학 못지않게, 물론 더 그렇다고 말할 수는 없어도 최소한 그만큼은 우리 스스로에 대해, 우리 삶에 대해 질문을 제기하게 해주잖아요. 부르디외가 길을 연 지배의 사회학의 경우 특히 더 그렇죠." 그리고 상당히 의미심장한 유보 조항을 덧붙이면서, 사회학이 문학과 함께 해방이라는 공통의 목표로 수렴할 방법을 제안한다. "내밀한 것은 언제나 사회학의 틀 밖으로 삐져나갈 수밖에 없어요. 그래서 다행이고요." 『구별짓기』의 저자 또한 같은 말을 했다.

아니 에르노와 로즈마리 라그라브에게 해방의 역할을 한 책들은 소설 외에도 여러 권을 꼽을 수 있다. 그들은 부르디외 외에도 크리스틴 델피, 프랑수아즈 에리티에, 미셸 페로, 아를레트 파르주 등의 글을 읽으면서 지적으로 스스로를 세워나갔다. 또한 모든 가치판단을 중단하고 사회 세계에 대해 조금이라도 사실적이고 객관적인 지식에 이르도록 하라는 뒤르켐의 권유를 각자 자기 방식으로 따랐다(『단순한 열정』은 그 권유를 그대로 적용한 글이다). 페미니즘 운동이 오늘날이라면 상황적 지식savoirs situés◇이라고 부를 것에 대해 질문을 제기함으로써 에르노와 라그라브에게 남성 지배에 맞서 씨울 수 있는 무기를 주었다면, 사회과학은 그들을 지식들 가운데, 지식을 가진 사람들과 지식을 추구하는 사람들 가운데 자리 잡게 해주었다. 에르노와 라그라브의 경력이 인정을 받았다는 점이 기여한 일이기는 하지만, 그것만으로는 분열된 아비투스에 무력하게 묶이지 않고 다수의 소속 세계를 조화시키기 위한 조정안을 만들어낸 그들의 능력이 설명되지 않는다. 무엇보다 임상적 기능을 수행하지 못하는 사회과학을 위해서는 한 시간의 노력도 바칠 필요가 없다. 에르노는 이렇게 요약한다. "우리는 많은 것을, 때로는 아주 오래된 것들을 뒤죽박죽 느끼면서 살아가고, 그러다가 그 모든 것을 설명해주는, 내가 느낀 것에 대해서 말해주는 책을 만나게 되죠." 경험적 결과들, 이론적 도식들, 통계표들, 민족지학적 사례들은 그 이전까지 오로지 개인적인 문제로 여겨지던 것들이 개별적인 특수성이 아님을, 혹은 반대로, 일반적 진리들이 사실은 전적으로 특수한 이해관계를 감추고 있는 상대적인 것임을 알게 해줌으로써 우리에게 고통을 달랠 수 있는 방법을 제공한다.

게다가 사회과학은 그냥은 보이지 않는 불의들을 방법론에 기반한 조사를 통해 드러내 보임으로써, 혹은 좀 더 넓은, 일반적으로 개인을 벗어나는 총체적 층위에 옮겨놓지 않고서는 제대로 보기 어려운 지배 메커니즘을 드러나게 함으로써, 비판적 기능을 수행할 수 있다. 그러한 분석 층위를 대학에서의 연구를 비판할 때 자주 지적되는 "꼭대기에

◇ 생물학자이자 페미니즘 이론가인 도나 해러웨이Donna Haraway가 주체가 놓인 상황에 따라 다른 지식이 생산된다는 뜻으로 제시한 'situated knowledge' 개념을 말한다.

서 내려다보는 위치"와 혼동하게 되면, 사회 비판이—지배계급이 '시스템'을 유지하기 위해 하나가 되어 획책하는 음모라는 환상에 빠지지 않는다는 조건에서—누릴 수 있는 경험적 지식을 가려버리게 된다. 사회과학은 또한, 기존의 믿음과 제대로 단절하기 위해서는 스스로가 지닌 믿음들에서부터 시작해야 한다는 점에서, 우리가 뒤로 물러설 수 있게 해준다. 그리고 그 물러섬은 1968년 5월 이전의 프랑스를 그리워하는 일부 사람들이 그것이 사회과학 때문에 일어났다고 주장하는 것과 같은 부류의 일탈을 제한할 수 있다. 그 어떤 결정론적인 분석도, 심지어 마르크스의 분석도 혼자 힘으로 대중을 일으켜 세우지는 못했다. 그들의 주장대로 정말로 사회과학이 그러한 전복의 힘을 가질 수 있다면, 10년에 한 번 혁명이 일어날 것이다. 하지만 사회과학이 역사적으로 해방의 벡터가 되었던 것은 사실이다. 사회과학은 피지배계급의 사람들이 발언권을 얻어 말해도 된다고, '아니다'라고 혹은 '나'라고 말해도 된다고, 더는 스스로 열등하고 정당하지 못하다고 혹은 적합하지 못하다고 여기지 않아도 된다고 믿을 수 있도록 도와주었다.

아니 에르노와 로즈마리 라그라브는 이러한 사실을 잘 알 수 있는 자리에 있었다. 『세월』에서 에르노는 자신의 삶과 수백만의 다른 사람들의 삶에 갑자기 해방이 솟아올랐던 1970년대를 떠올린다. "어떤 방식으로든, 『상속자들』이든 혹은 성 체위에 관한 짧은 스웨덴 책이든,◇ 모든 게 새로운 지혜와 세계의 변모를 향해 갔다. (…) 지금까지 정상적이라고 여겨지던 것 중 그 어떤 것도 자명하지 않았다. 가족, 교육, 감옥, 노

◇   스웨덴의 의사 욘 타크만John Takman이 1968년 십대를 위해 출간한 성교육서가 프랑스에서 『성교육을 위한 짧은 스웨덴 책Le petit livre suédois d'éducation sexuelle』(1970)으로 번역되어 큰 인기를 얻었다.

동, 휴가, 광기, 광고, 모든 현실이 검토의 대상이 되었다. 비판하는 사람이 만까지도 피헤기지 못히고, 니는 이느 자리에서 밀아시?라고 자신의 기원의 가장 깊은 곳을 검토해보라는 요구를 받았다. 사회는 더 이상 자연스러운 믿음을 통해 작동하지 않았다. 자동차를 사고, 과제물에 점수를 매기고, 아이를 낳고, 모든 게 의미를 지녔다."◆ 그로부터 반세기가 지난 지금, 더 나은 내일을 향한 기대는 찾아보기 힘들어졌다. 하지만 이성, 희망, 무기는 여전히 남아서, 우리가 세상을 다시 황홀하게 만들 수 있고 사회가 맹목적으로 나아가지 못하도록 막을 수 있는 새로운 지혜를 주려 한다. 다 함께 해방된 삶들의 흐름을 되찾을 수 있게 해줄 '즐거운 지식'을 주려 한다. "더 이상 우리가 존재하지 않을 시간으로부터 무언가를 구해내는"◆◆ 일은 그저 과거를 생각하는 것으로는 불가능하다.

폴 파스칼리

이 글을 2022년 6월 10일 서른아홉 살의 나이로 갑자기 세상을 떠난 사회학자이자 계급 이주자인 조제프 카치아리Joseph Cacciari에게 바친다. 문학과 사회과학을 열정적으로 사랑하던 그는 아니 에르노와 로즈마르 라그라브의 책들을 좋아했다.

◆   Annie Ernaux, *Les Années*, Paris, Gallimard, 2008, pp. 111~112.

◆◆   *Ibid.*, p. 254.

'밋밋한 글쓰기'의 사회학
: 상속자와 계급 탈주자, 그리고 남성 지배

아니 에르노는 특유의 자전적 글쓰기로 이미 오래전부터 많은 독자의 사랑을 받아왔지만, 2022년의 노벨문학상 수상과 함께 이제는 굳이 삶과 작품에 대한 소개가 필요하지 않을 정도로 세계적인 작가의 반열에 올랐다. 프랑스 사회에 일대 변혁을 가져온 68세대부터 그 세대가 이루고자 했던 혹은 이루었다고 믿은 많은 것이 무너져버린 2020년대에 이르기까지(에르노는 1940년생으로, 여든 살이 넘은 지금도 글을 쓰고 사회운동에 참여하고 있다), 에르노의 주요 작품들은 부르주아 가부장제 질서라는 지배 원리를 지지하는 이들 사이에서는 거센 논란을 불러일으켰고, 계급과 성차性差로 억압받아온 이들에게는 해방적인 목소리로 받아들여졌다. 문학이 전통적으로 추구해온 가치들을 외면하는 것처럼 보이는 에르노의 글들은 한 개인의 정체성이 반성적 차원에서의 실존적 선택으로만 결정되는 게 아니라 사회적인 조건들에 대한 성찰과 맞물려 있음을 일깨운다. 그래서 에르노의 글쓰기는 사회과학 연구자들의 관심의 대상이 되었고, 에르노 역시 자신이 사회과학에서 받은 영향을 스스로 여러 차례 밝힌 바 있다. 그 중심에 놓이는 것은 잘 알려진 대로 피에르 부르디외의 사회학이다.

아니 에르노가 사회학자 로즈마리 라그라브와의 대화를 통해서
자신의 글들이 태어난 배경을 자전적이고 사회적인 문맥 속에서 되짚
어간 이 책『아니 에르노의 말』(원제는 "대화Une conversation"이다)은 2021년
독일 연구소CIERA의 심포지엄('문학에서의 권력관계. 문학적 공간 안에서의
낙인 찍기, 지배, 그리고 저항')의 폐막 행사로 기획된 좌담회 '페미니스트
계급 탈주자들의 경험과 글쓰기'를 바탕으로 한다. 에르노는 이미 작
가, 언론인, 사회학자 들과 여러 차례 대담을 했고, 그중에서 프레데리
크 이브 자네와의 대담집『칼 같은 글쓰기』, 이자벨 샤르팡티에와의 대
담「문학은 싸움의 무기다」등이 국내에 번역되었다.° 이번에 새로 소
개되는 라그라브와의 대담은 이전의 대담들에 비해 좀 더 내밀한 어조
를 띤다. 그것은 우선 같은 세대의 문화 속에서, 상당 부분 유사한 계
급적 여건 속에서 자라난 두 사람의 공감대와 무관하지 않을 것이다.
하지만 더 중요한 것은, 에르노가 스스로 만든 용어로 자신의 글들이
지향하는 바를 요약한 '자전적·사회학적·전기적' 글쓰기와 라그라브
가『스스로를 가누다』에서 시도한, 일반적으로 연구 주체를 비개인화
하는 사회학의 관례를 깨고 '나je'를 내세운 '자전적 조사'의 접점이 기
여했을 것이다.

에르노는 이 책에서 우선『빈 옷장』(1974),『얼어붙은 여자』(1981),
『자리』(1983),『한 여자』(1987),『단순한 열정』(1991),『수치』(1997),『사건』

◇   L'Écriture comme un couteau : entretien avec Frédéric-Yves Jeannnet, Stock, 2003
(『칼 같은 글쓰기』, 문학동네, 최애영 옮김, 2005) ; Isabelle Charpentier, "La littérature est
une arme de combat : entretien du 19 avril 2022 avec Annie Ernaux" in Gérard
Mauger(ed.), Rencontres avec Pierre Bourdieu, Croquant, 2005(『오늘의 문예비평』,
no.118, 박진수 옮김, 2020)

(2000), 『세월』(2008), 『여자아이 기억』(2016) 등을 쓰던 때 자신이 겪은 경험들과 시대적 배경에 대해 이야기한다. 예를 들어 출간 당시 20만 부 넘게 팔리면서 큰 화제가 되었던『단순한 열정』과 반대로 '적의敵意' 혹은 '무관심'과 함께 2만 부라는 결과밖에 얻지 못한『사건』의 이야기는 많은 것을 말해준다. 20~30년 뒤 비슷한 시기에 영화화되었을 때, 이미 '평범한 주제'가 되어버린 '열정'과 달리 임신중절을 둘러싸고 여성들에게 가해진 삶의 조건은 오히려 과거의 침묵을 벗어나 큰 반향을 불러일으킨 것이다. 에르노는 또한 자신의 작품들을 관통하는 가장 중요한 문제, 즉 개인의 심리적 특성으로 받아들여오던 것을 사회의 지배 원리라는 관점으로 바라보게 된 과정을 이야기한다. 사회를 지배하는 가치들이 자연적으로 주어진 당연한 것이 아니라는 자각에는 독서의 경험이 중요한 매개 역할을 했다. 글을 쓰겠다는 욕망을 실현하게 해준 버지니아 울프를 비롯하여("버지니아 울프가 해냈으면 나도 해낼 수 있다! 글을 쓸 수 있다!") 글쓰기에 관해 사유하게 해준 여러 작가들, 그리고 여자들의 삶의 조건과 사회의 지배 원리에 대해 성찰한 많은 이론가들의 글이 언급되는데, 그중에서도 가장 중요한 의미를 갖는 두 권은 결혼해서 두 아들을 키우면서 교사 생활을 하던 1972년에 읽은 부르디외와 파스롱의『상속자들』(1964), 그리고 그보다 훨씬 전인 1959년, 그러니까 십대 때 읽은 시몬 드 보부아르의『제2의 성』(1949)이다. 피에르 부르디외와 시몬 드 보부아르의 사유가 에르노에게 '존재론적 충격'을 안긴 것은 무엇보다 그들의 글이 에르노가 직접 체험한 것에 반향을 일으켰기 때문이다.

에르노의 글들 또한 자신이 직접 겪은 체험들과 그에 대한 분석을 오가는 성찰성을 바탕으로 한다. 예를 들어 어린 시절에 사립학교에서 교사들에게 언어와 행동을 "지적"당하면서 느낀 사회적 '수치'의 감정,

인정받는 작가가 된 이후에도 스스로 '자격 있다'고 느끼지 못하게 만든 '부당성'이 감정 속에 민적으로 집약된 경험들에 대한 이해에는 '계급 탈주자', '분열된 아비투스' 같은 사회학적 개념들이 중요한 역할을 한다. 에르노가 '탈주'라는 단어에 담긴 "변절, 배신"의 함의를 극복한 샹탈 자케의 중립적인 용어 '계급 종단자'를 받아들이면서도 '탈주자'라는 용어를 사용하는 것은, 로즈마리 라그라브의 지적대로 그것이 덜 정교한 대신 사회적 상승의 궤적을 보다 분명하게 의미하는 더 쉬운 개념이기 때문이기도 하고, 그녀가 겪는 분열된 아비투스 속에는 자신이 "배신"을 했다는 죄책감이 자리 잡고 있기 때문일 것이다. 에르노 스스로 말하듯이, 그녀는 자신의 배신에 대해 "글을 씀으로써 속죄"하는 셈이다.

이 책에서는 또한 그동안 소개된 다른 대담들에 비해 페미니즘에 관한 논의가 중요한 자리를 차지한다. 물론 그러한 특성은 '페미니스트 계급 탈주자들의 경험과 글쓰기'라는 대담의 주제 자체로 어느 정도 방향 지어져 있고, 더구나 대담의 상대가 남성 지배에 맞선 투쟁에 적극 참여해온 사회학자 로즈마리 라그라브라는 것도 큰 이유가 될 것이다. 라그라브에게도 에르노에게도 젠더는 단순히 계급적 관점에 덧붙여지는 차원이 아니며, 사회의 구조에 대한 각성과 여성적 조건에 대한 각성은 나란히 간다. 그런데 이러한 이론적 합의에도 불구하고 에르노와 라그라브의 입장에서 미세한 차이가 발견된다. "사회계급에 인식론적 우위를 두지 않는" 젠더 연구에 가까이 가 있는 라그라브에 비해(부르디외를 비롯한 남자 계급 탈주자들이 자신들의 계급 여정만을 내세우고 젠더 여정에 대해서는 침묵한다는 라그라브의 비판은 전적으로 옳다) 에르노의 페미니즘은 자신의 경험에 보다 밀착되어 있다고 말할 수 있다. 예를 들어 모든 여자가 남성 지배라는 조건을 "같은 방식으로" 겪지 않기 때문에 "보편적인 페미니즘은 불가능"하다는 그녀의 말은 남성 지배라는 젠더 문제를 지배계급의 '상징 폭력'이라는 더 큰 개념 속에서 바라보는 셈이다. 그러한 입장은 그녀가 스스로 결혼 생활 중에 성차별적 지배를 받아들인 이유를 자신이 속한 "출신 계급이 사회적으로 지배받는 계급이었기 때문"이라고 말하는 대목에서 분명하게 드러난다. 또한 『얼어붙은 여자』에 담긴 페미니즘적 쟁점들이 성차 자체보다는 성차에 의한 지배를 공고히 하는 부르주아적 질서에 대한 비판으로 귀결되는 데서도 드러난다 (에르노는 자신의 결혼 생활 문제가 "대대로 상속된 가부장제를 대표할 만한 남자와 부르주아적인 결혼"을 한 데서 비롯된다고 말한다). 여기서 우리는 페미니스트로서의 에르노의 진정한 힘은 이론적 성찰보다는 지배 질서를 두려워하지 않는 글쓰기의 힘에 있다고, "내밀한 것을 글로 쓰면서 두려움을 느낀 적" 없는 특유의 자전적 글쓰기를 통해 '내밀한 것'의 한계를 밀어냄으로써 "사적인 것이 정치적"이라는 페미니즘의 원칙을 실천한 데서 비롯된다고 말할 수 있다.

두 사람 사이의 공감과 이견은 '노년'이라는 주제에 관해서도 이어진다. 이 책의 마지막 부분에서 에르노와 라그라브는 '늙음'의 문제에 대해 이야기하는데, 그들은 죽음을 생물학적 관점으로, 삶과 죽음의 대립이라는 단순한 관점으로 볼 게 아니라 사회학적이고 페미니스트적인 관점으로 보아야 한다는 당위성에 공감한다. 그들은 늙어가는 것은 곧 자율성을 잃는 과정임을 자신들의 몸이 겪는 경험을 통해서 자각했고, 그러한 경험에 기반한 사유는 몸에 "고통과 쇠락밖에 남지 않았을 때 그만 끝내겠다고 선택할 수 있는 자유"로 나아가게 된다. 페미니스트적인 관점에서 '자발적 임신 중단'의 권리를 위해 싸웠듯이 '자발적 노화 중단'의 권리를 위해 싸워야 할 필요성이 그렇게 정당화되는 것이다. 그런 데 이 시간에서 "삶을 때로 늙음을 받아들이며" 살아가고 "자유와 자율성을 얻기 위한 싸움"이 삶의 일부가 되어야 한다고, 그러한 자세가 "나이 듦에 맞서는 강력한 해독제"가 될 수 있다고 말하는 라그라브와 달리, 에르노는 "늙기를 준비"하는 것은 불가능하다고 단언한다. 그래서 그녀는 다가올 우리의 "몸과 마음을 미리 겪는" 것은 불가능하다고, 어차피 "갑자기" 닥치게 될 노년을 지나치게 준비하기보다는 차라리 "현재를 충만하게 살아야" 한다고 주장한다.

이자벨 샤르팡티에의 「문학과 사회, 그리고 역사 사이 어디엔가」°라는 글의 제목은 에르노의 '자전적·사회학적·전기적' 글들이 추구한 '밋밋한 글쓰기'의 의미를 잘 요약해준다. 에르노가 자신의 글쓰기를 정립한 『자리』에서 처음 사용된 이 용어는 자신이 떠나온 세계에 여전히 살고 있는 부모에게 "소식의 핵심만을 전하기 위해서 쓴 편지들에서 사용한 글쓰기"를 가리킨다. 에르노는 그 글쓰기가 사람들이 오해하는 것처럼 "글쓰기의 부재"를 뜻하는 게 아니라고, 그것은 언어적 장식이나 정서적 요소를 배제한 "거리를 둔 글쓰기"이며 "사실에 기반한 글쓰기"라고 말한다. 그러한 글쓰기가 갖는 힘은 이 책의 바탕이 된 좌담회를 기획한 세 젊은 학자°°의 「서문」에 사용된 표현을 그대로 옮기자면, "자신의 주관적 체험을 추상적으로 만들지 않으면서 그 안에 들어있는 객관

◇　　　　Isabelle Charpentier, "Quelque part entre la littérature, la sociologie et l'histoire…," *COnTEXTES* (https://doi.org/10.4000/contextes.74).

◇◇　　　마르크 블로크 연구소에서 박사논문을 준비 중인 사라 카를로타 헤쉴러, 클레르 멜로, 클레르 토마젤라를 말한다.

적인 것을 제시할 수 있는 능력"에서 비롯된다. 다시 말하면, 계급 탈주자 작가인 에르노가 "출신 세계의 목소리를 그대로 간직한 사람들을 동화시키는, 즉 무력화시키는" 일을 우선 과제로 삼는 지배계급에 맞서 싸우는 무기이다. 또한 이 책의「발문」에서 폴 파스칼리가 말한 것처럼, 그동안 자전적인 글들을 쓴 많은 작가가 계급 탈주자들의 사회적 경로를 "분열증 상태나 뿌리 뽑힌 상태"에 고착시켰다면, 에르노의 '자전적·사회학적·전기적' 글쓰기는 전혀 다른 길을 선택한다. 분열된 아비투스를 "사회가 나뉘어 있고 위계화되어 있음을 기억하라"는 요청으로 삼은 에르노의 글쓰기는 사회학적 지식에 호응하지만, 경험과 그에 대한 분석을 오가는 그러한 성찰성은 무엇보다 몸으로 기억되는, 감각으로 되살아나는 내밀성의 탐구와 함께 간다. 에르노의 내밀성 탐구는 서정적 자기 고백이나 정신분석학적 치유와는 거리가 먼 "개인적 사실들로부터 거리두기"를 통해 이루어지며, 그것이 바로 에르노의 '자전적·사회학적·전기적' 글들이 갖는 힘이다.

2023년 11월
윤진

1940	9월 1일, 프랑스 노르망디의 릴본에서 알퐁스 뒤셴, 블랑슈 뒤셴 부부의 외동딸로 태어난다. 본명은 아니 뒤셴이다. 열 살 때, 자신이 태어나기 2년 전에 디프테리아로 여섯 살에 사망한 언니에 대해 알게 된다.
1945	이브토로 이사한다. 부모님이 그곳에서 카페 겸 식료품점을 운영한다.
1946	가톨릭 사립학교인 생미셸 기숙학교에 입학한다. 중산층 가정의 소녀들을 만나며 처음으로 노동자계급인 부모에 대한 수치심을 느낀다.
1959	시몬 드 보부아르의 『제2의 성』을 읽고 깊은 영향을 받는다. 초등교원을 양성하는 루앙의 사범학교에 합격한다.
1960	사범학교를 그만둔다. 오페어로 런던에 머무른다. 런던에서 돌아와 루앙대학교 문학부에 입학한다.
1964	임신 사실을 알게 되고 중절 수술을 받는다. 이때의 경험을 『사건』에서 이야기한다. 필리프 에르노와 결혼, 첫째 아들인 에리크를 출산한다.

| 1967 | 중등교원 자격시험에 합격한다. 아버지가 사망한다. |

1967   중등교원 자격시험에 합격한다. 아버지가 사망한다.

1968   둘째 아들 다비드를 출산한다.

1971   현대문학 교수 자격시험에 합격한다.

1972   피에르 부르디외와 장클로드 파스롱의 『상속자들』『재생산』 을 읽는다. 훗날 이 책들을 읽고 강한 존재론적 충격을 받았 다고 고백한다.

1974   자전적 소설 『빈 옷장』을 출간한다.

1975   파리 인근 도시인 세르지로 이사한다. 이후 세르지는 에르노 의 글쓰기에 중요한 역할을 한다.

1977   프랑스 국립원격교육원에서 교수 생활을 시작한다. 『그들의 말 혹은 침묵』을 출간한다.

1981   『얼어붙은 여자』를 출간한다.

1982   남편과 이혼한다.

1983	아버지의 삶과 죽음을 다룬『자리』를 출간한다. 이 작품과 관련하여 '자전적·사회학적·전기적'이라는 용어를 처음 사용한다.
1984	『자리』로 르노도상을 수상한다.
1986	어머니가 사망한 뒤『한 여자』를 쓰기 시작한다.
1987	『한 여자』를 출간한다.
1991	『단순한 열정』을 출간한다. 불륜 관계에 대한 강렬한 묘사로 평단에 충격을 안긴다.
1993	『바깥 일기』를 출간한다.
1997	『수치』『나는 나의 밤을 떠나지 않는다』를 출간한다.
2000	『사건』『밖의 삶』을 출간한다. 국립원격교육원 교수직을 은퇴한다.
2001	『탐닉』을 출간한다.

| 2002 | 『집착』을 출간한다. |

2003   아니 에르노 문학상이 제정된다. 작가 프레데리크 이브 자네와의 대담집 『칼 같은 글쓰기』를 출간한다.

2005   마크 마리Marc Marie와 협업한 『사진의 용도』를 출간한다.

2008   『세월』을 출간한다. 이 책으로 마르그리트 뒤라스상·프랑수아 모리아크상·프랑스어 작품상을 수상한다.

2011   아니 에르노가 태어나기 두 해 전 사망한 언니를 두고 쓴 『다른 딸』과 삶과 글쓰기에 대한 사유를 담은 『검은 아틀리에』를 출간한다. 생존 작가로서는 최초로 프랑스 갈리마르 총서에 『삶을 쓰다』가 편입되었다.

2013   『이브토로 돌아가다』를 출간한다.

2014   『빛을 바라봐 내 사랑Regarde les lumières mon amour』과 다큐멘터리 감독 미셸 포르트Michelle Porte와의 대담집 『진정한 장소』를 출간한다. 세르지퐁투아즈대학교에서 명예박사학위를 받는다.

2016	『여자아이 기억』을 출간한다. 『세월』로 스트레가 유럽문학상을 수상한다.
2017	마르그리트 유르스나르 문학상을 수상한다.
2019	『세월』 영문판이 맨부커상 인터내셔널 부문 최종 후보로 선정된다.
2021	『사건』을 원작으로 하는 영화 〈레벤느망〉이 베네치아영화제에서 황금사자상을 수상한다.
2022	『젊은 남자』를 출간한다. 노벨문학상을 수상한다.

인명

영화 · 프로그램 · 노래명